KB066474

나도 그 누군가에게
선물이고 싶다

나도 그 누군가에게 선물이고 싶다
이지윤 지음

초판 인쇄 2024년 01월 15일
초판 발행 2024년 01월 20일

지은이 이지윤
펴낸이 신현운
펴낸곳 연인M&B
기 획 여인화
디자인 이희정
마케팅 박한동
홍 보 정연순
등 록 2000년 3월 7일 제2-3037호
주 소 05056 서울특별시 광진구 자양로 73(자양동 628-25) 동원빌딩 5층 601호
전 화 (02)455-3987 팩스 02)3437-5975
홈주소 www.yeoninmb.co.kr
이메일 yeonin7@hanmail.net

값 12,000원

ⓒ 이지윤 2024 Printed in Korea

ISBN 978-89-6253-569-3 03810

* 이 책은 연인M&B가 저작권자와의 계약에 따라 발행한 것이므로 저자와 본사의 허락 없이는
  어떠한 형태나 수단으로도 이 책의 내용을 이용하지 못합니다.

* 잘못된 책은 바꾸어 드립니다.

나도 그 누군가에게
선물이고 싶다

이지윤 지음

연인M&B

가족, 친구의 사랑만큼
소중하고 아름다운 선물은
없다.
좋은 인연만큼
성숙한 선물은 없다.
내가 그대에게
그대가 나에게 선물로 사는
인생(人生)!
그것만큼 잘 사는 삶도 없다.

2023년 하얀 겨울날
이지윤

| 차례 |

2부

3부

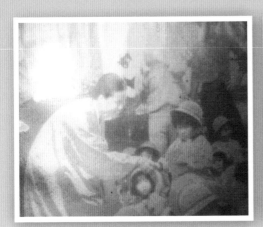

1부

나의 화양연화(花樣年華, 가장 아름다웠던 시절)

그 누구에게나 가장 아름다웠던 시절 화양연화가 있다.
아이들과 평생 함께하려 38세 가을 예림유아학교를 설립, 개원하던 날.
그날부터 33년이 나의 화양연화였다.

영혼의 빈방(房)

때때로 고독이라는 거대한 파도에 휩싸이곤 한다.
음악을 듣거나 혼자 명상을 하거나
하지만 그 파도는 쉽게 물러가지 않는다.
살아온 내내 고독했지만 이제는
외로움이라는 더 쉽지 않은 친구에게 덜미를 잡히곤 한다.
아흔 가까운 어머니께서 자식 다섯에 남편과 해로하시니
다복하다고 느껴지는 어머니께서
예순 즈음에 얘기하곤 하셨다.
"외로움이 제일 힘들어!"

왜 자식도, 남편도 다 있는 분이
저런 말씀을 하시는 것인가?
우리는 이해를 못했었다.
이제 내가 어머니의 그 심경을 알겠다.
젊은 날의 고독이야 멋스러웠지만
외로움은, 예순 즈음의 외로움은 정말 두렵다.
때때로 끈 떨어진 연처럼

바람에 이리저리 날리는 나를
하염없이 바라본다.
어머니야 큰딸인 내게 외로움이 힘든다고
토로(吐露)하실 수 있었지만
나는 그저 견딘다.
산책과 독서 그리고 음악으로…

영혼이 맑은 사람들은
타인(他人)의 미래도 내다볼 수 있다고 하는데
나는 나의 미래도 내다보지 않는다, 아니 못한다.
그리고 빈방(房)에 앉아 지난날의 수첩을 뒤적여 본다.
봄에는, 여름에는, 시월 어느 멋진 날에는…
그러다 보면 내 영혼의 빈방에
지난날들이 들어와 도란도란 얘기를 나눈다.

어제 없는 오늘이 있을 수 없고
오늘 없는 내일이 있을 수 없기에

나는 영혼의 빈방에

어제도, 오늘도, 내일도 초대해 놓고

홀로 그들과 대화(對話)를 나누는 것이다.

그리하다 보면 외로움은 슬며시

빈방에서 나가고 한동안은 찾아오지 않는다.

책이 꽉 찬 서재보다

영혼의 빈방에 홀로 앉아 있을 때

나는 한결 충만해지고, 외로움을 보낼 수 있음에…

감사하며 산다.

그리하여 그들은 그렇게 산다

주변 사람들을 보면 거의 대부분
그의 성품, 생활 자세에 따라 다른 삶을 살아간다.
부지런하고, 진실한 사람은 언젠가는
성공의 잔(盞)을 들게 되고, 여유 있는 노년(老年)을 보내게 된다.
반면에 제멋대로이고, 우왕좌왕하고,
거짓말을 다반사(茶飯事)로 하는 사람은
결국 무너진 울타리, 퇴락한 노년을 맞이하게 된다.

장사를 하면서도 친절하지 않고, 속이기 일쑤이고 여운을 남기
지 않는 사람, 직장생활을 하면서도 상사를 어려워하지 않고 함
부로 대하고 월급만 목표로 사는 사람, 남의 순정(純情)을 유린하
는 사람, 착한 사람을 쉽게 이용하려 드는 사람, 빚을 내서라도
차(車)와 옷은 좋은 것을 지녀야 하는 사람, 부모 노릇은 제대로
하지 않고 자식들에게 용돈 내놓으라 호통치는 사람, 약자(弱者)에
게는 강하고 강자(强者)에게는 약한 사람, 거짓말에 또 거짓말, 거
짓말로 시나리오를 쓰는 사람
 그런 사람의 노년(老年)은 보나마나 비참하다.

13

인과응보, 자업자득이다.

20대를 보면 그의 60대가 보인다고 어떤 지인(知人)이 말한다.

목회자인 그는 사람이 하는 행동거지나 말씨, 습관

이런 것들을 조합(組合)해 보면

그의 60대가 어떠할 것이라는 답이 나온다는 것이다.

20대 여성들과 일하고 있는 나는

그들의 자세, 언어생활, 집안환경 등을 보면

30대에 비주얼이, 40대인 모습이, 50대의 모습이

훤히 보이는 듯하고 훗날 알아보면

그렇게 살아가고 있음에 전율을 느끼곤 한다.

될성부른 나무는 떡잎부터 알아본다고 했던가?

20대에 직장생활하는 자세를 보면

그가 어떤 모습으로 30, 40대를 지나갈지 알 수 있는 것이다.

떡갈나무가 편백나무로 변할 수는 없는 것이다.

사람의 운명은 점칠 수 없다고들 하지만

그가 마음밭에 어떤 씨앗을 뿌리고 있는지 알 수 있다면
그의 미래는 80% 알 수가 있다.
불친절하고, 이기적이고, 문란하고, 어른에게 함부로 대하고…
그런 사람들은 으레 병(病)이라는 시험을 치루게 되고
한결같은 마음으로 덕(德)을 쌓는 사람은
큰 불행도 비켜 감을 보고 고개를 주억거릴 때가 있다.
피아노가 있다고 다 피아니스트가 아니고
아이들이 있다고 다 부모라고 할 수 없고
선장 복장을 했다고 선장이 아니고
자기 본분을 다 하는 사람만이 알찬 성공을 할 수 있겠다.

살아도 산 것이 아닌 목숨을
비루하게 이어 가는
죄인(罪人)이 있는가 하면
죽었어도 우리 가슴에
영원히 살아 있는 의인(義人)이 있다.
굳이 역술가가 아니어도

그들이 살아가는 모습을 보면 안다. 그의 미래를…
그래도 그들은 자기를 고치지 않고
그냥 그렇게 살아간다.

만추의 옆모습

누구는 필요 없어 버리는
종이 박스, 신문지…
그런 것들을 주워 팔면
2천 원 정도 받는다는데…
그것을 모아 생활비에
보탠다는 노인들
그 어르신들께
따뜻한 빵이라도
사드려야겠습니다
그 누구나 '어르신'이 되는
날이 오니까요.

아인이의 아침

신록, 그 푸른 물이 하얀 손수건에 물들고
우리 삶에 지친 사람들 가슴을
물들이는 오월 어느 날
아이가 오면서

"길거리에 고양이가 돌아다녀요.
사람들이 버렸어요.
저는 다음에 고양이를 버리지 않을 거예요."

다섯 살 아인이!
앙증맞고, 영특한 아인이!
아! 얼마나 착한 심성인가.
길에 돌아다니다가 로드킬도 당하는 고양이
불쌍한 고양이를 버리지 않고 돌보겠다는 아인이는
의사가 되어도, 법조인이 되어도, 교사가 되어도
그 어떤 직업을 가져도
아름다운 직업인이 되리라 믿어집니다.

아인아!
아름다운 사람!
아이들 같은 마음으로 살아야 세상은 살만해지고
행복지수가 높은 나라가 되리라 믿습니다.
아인이와의 어느 오월 아침
행복했습니다.

오래된 다리

이탈리아의 피렌체에 가면 오래된 다리가 있다.
아름다운 그 다리를 보며, 내가 자라던 어릴 적
그 작은 읍내의 오래된 다리를 떠올렸다.

아홉 살 적
여름 장마가 지면 그 다리 위로 물 구경을 갔다.
갑자기 물이 불어난 개울, 멱 감던 그 개울이
성난 소리를 내며 흘러가고, 다리 위에 선 작은 소녀는
어디론가 둥실둥실 떠내려간다는 느낌으로 현기증이 났었다.
어디로 가는 것일까? 저 성난 물들은
흘러 흘러 어디에 가서 정착할 것인가?
어린 마음에도 그것이 무척 궁금했다.
그 다리에서의 추억은 물 구경 말고 달 구경도 있다.
정월 대보름
달이 휘영청 밝으면 그 다리로 달려갔다.
다리밟기를 한 것이다.
열두 다리를 밟으면 그해의 재앙을 면한다나?

어린 시절을 그 다리 위에서 보내고 도회지로 나와
초로의 나이가 되면서, 문득 그 다리가 보고 싶어서
두 시간 넘게 달려 C군으로 갔는데…
내 유년의 뜨락으로 건너가게 하던 그 오래된 다리는
보수하여 더 튼튼한 다리로 서 있었다.
저 다리를 건너가면 변해 버린 내 고향이 있고
이제는 낯익은 사람 하나 없는 낯선 곳, 귀선 곳으로 간다.
건너갈까? 말까? 망설이다가 그만 되돌아왔다.
왠지 두려웠다.
그 오래된 다리를 건너면
내 어린 시절의 추억이 무지개처럼 사라질 듯해서
그것이 두려워서 되돌아온 것이다.

낡고 오래된 다리를 보면
이제는 건너갈 수 없는 어떤 인연들이 떠오르고
되돌아갈 수 없는 세월들이 안쓰럽게 다가온다.
내 마음속 오래된 다리!

부끄러움

산다는 것은 부끄러움이 쌓이는 것이다.
살면 살수록 부끄러움은 江처럼 흐르지 않고
山처럼 쌓여 높아만 간다.
좀 더 사랑하지 못한 罪!
좀 더 용서하지 못한 罪!
그 죄스러움이 부끄러움으로
부끄러움이 죄스러움으로 쌓인다, 쌓인다.
산다는 것은 모래톱처럼
부끄러움이 쌓이는 일이다.

허물어진 담

허물어진 담 넘어 낡고 낡은 집 한 채
한때 가족들 오순도순 행복했을
그 집 한 채, 허무는 소리!
며칠 후 그 집 앞 지나는데 집은
흔적도 없고 부서진 세월의 잔해가 뒹군다.
부서진 꿈의 시체(屍體)같이 외면한다.
며칠 후 그것들마저 어디론가 가고
말간 흙빛의 땅이 맑게 바라본다.
허물어진 것 뒤로 새 꿈을 꾸게 되는
삶의 역설(逆說)!
그곳에 세워질 새 꿈을 그리며
허물어진 담을 지나친다.

내게 가장 힘든 일
―작별(作別)

사노라면 어쩌다가 넘어지기도 하고
어처구니없어 망연자실할 때가 벌어지기도 하고
감사가 넘쳐나는 때가 있기도 하다.
그러다 보면 뜻밖에 손님 병(病)이 찾아와
겸손을 가르치기도 하고
나는 저렇게 늙어 가면 안 되겠다!
다짐하기도 하면서
좀 더 우아한 노년(老年)을 꿈꾼다.
감사한 일이 더 많았지만, 힘든 일은 대부분
사람들과의 관계에서 왔고
새로운 꿈은 하나님에게서 왔다.

어느 날, 17년이나 우리 가족과 함께한
'봄'이라는 반려견을 안고 딸이 찾아왔다.
이제 막 40이 된 작곡가인 딸
그 여인(?)은 입시생 레슨 때도 '봄'이를 데리고 다녔고
그 어떤 날에도 '봄'이 아가씨를 애지중지했다.

미국 유학 갈 때, 그 딸아이는
자기가 하고 싶은 공부를 따라가며
'봄'이를 본 척도 하지 않고 큰 가방에
자기 소지품을 담아 미국 보스턴으로 떠났고
집에 남은 '봄'이는 그날부터 열흘을
현관에 앉아 하염없이 언니를 기다렸다.
열흘이 지나자 내 품에 안겨 한참을 울었던 '봄'이.
함께 산책하며, 달리며 언니를 잊으려 애썼고
봄날이 가고 오고 … 그렇게 3년여의 시간이 흐르고
언니가 음악 공부를 최우등(수마굼라우데)으로 마치고 돌아왔을 때
'봄'이는 언니에 향한 서운함으로 아는 척도 하지 않았다.
그러기를 하루, 이틀 사흘이 가고
언니 품에 안긴 봄이 나이 일곱 살
그들은 또 행복한 자매가 되어 우애를 나누며 나이 들어 갔다.

딸이 속상할 때 가장 많이 위로가 되어 준 '봄'이
언니가 결혼을 하고 함께 살며

'결혼'이라는 사랑의 행복한 장례식에서 힘을 북돋아 주고
많이도 흘렸을 언니의 눈물을 핥아 주면서… 늙어 갔다.
평균 수명으로 열 살이 넘어가면 사람 나이로 노년이라 했다.
차츰 눈도 잘 안 보이고, 잘 걷지도 못하고
그러면서도 늘 언니를 지켜 준 '봄'이 아가씨
그 아이가 없었다면 외동딸인 작곡가는 얼마나 외로웠을까?
사노라 힘들 때면 늘 가슴으로 파고들어
'언니! 괜찮아? 삶이란 다 그런 거야!'

외동 자체가 병이라는 학자도 있지만
외동딸 같지 않게 대인관계 지능도 좋고
특히 음악 지능이 뛰어난 것은
엄마의 교육 덕이 아니라
'봄'이라는 강아지의 사랑이었음을…
나는 그 누구보다 잘 알고 있다.

"엄마! '봄'이가 떠날 때가 되었나 봐요.

어쩌면 마지막일 수도 있어 데리고 왔어요.
한번 안아 보세요."
나를 올려다보는 '봄'이의 그 예쁘고 유순한 눈!
마치 갓난 강아지 같다.
흘러내리는 눈물, 17년을 한결같이
사랑만 주고 떠나가는 '봄'이!
그 아이의 장례식을 치르며 애도의 시간을 갖고
유골을 담은 상자(작은)를 들고 돌아오던 길
우리는 아무런 말도 할 수 없었다.

'고마워!
미안해!
사랑해!
다시 만날 거야.'

딸의 눈물, 사위의 눈물
눈물이 흐르고…

아! 다시는 이런 사랑 없을 거야.
다시는 이런 작별 못할 거야.
'봄'이의 맑은 눈이 우리를 위로한다.
다시 만나요!
사랑해요!

살면서 제일 힘이 드는 일…
내게는 작별이다.
'봄'이는 무지개다리를 건너갔지만
'봄'이의 동생 '햇살'이는 아직도
우리를 지켜 주는 초여름이다.

인연(因緣)의 전지(剪枝)

이런 인연 저런 인연…

우리는 사람과 물건과 땅과 모든 것에

인연이 닿으면 함께 세월을 보낸다.

좋은 인연이 있는가 하면 악연이 있어 평생을 힘겨워한다.

아! 저 사람만 없으면 얼마나 좋을까?

사람으로 태어나 왜 남에게 원수가 되어 괴롭히는 것일까?

부모와 자식 간인데도 서로 나쁜 영향을 주고받으며

으르렁거리며 사는 경우가 종종 신문지상에 오르내린다.

땀 흘려, 눈물 흘려 버는 돈이, 재물이 온전한 자기 재산일 텐데

부모 재산으로 허세 부리며 산다.

그때그때 감언이설로 부모 마음 움직여

사랑을 훔치고, 물질을 빼앗아 살아간다.

그런데도 그런 몰염치한 자식을

나뭇가지 자르듯 잘라 내지 못하는 늙은 부모!

지혜롭게 교육을 못 시킨 결과라는 것을 알았을 때는…

이미 늦었다. 이제 그는

형제들에게 달라붙어 재물을 빼앗아 가려 한다.
그래서 부모 자식 간, 형제 간 송사가 심심찮게 일어난다.
왜 그런 인연이 혈육 간에도 있는가?
한탄해도 소용없기에 인연의 전지(剪枝)를 할 수밖에 없다.

선량한 사람은 법이 보호하지 않으면 세상살이가 힘겹다.
박애주의자로 모든 사람을 사랑하며 살던 '사랑 부자'도
이제 전지가위로 악연의 가지를 자르려 한다.
그의 착한 마음이 그런 결심을 하게 되기까지
얼마나 큰 상처를 입었을 것인가.
좋은 인연에서는 난의 향기가 난다.
서로 상처를 싸매어 주고, 핥아 주고, 북돋아 주며
늙어 가는 지란지교(芝蘭之交)!
깨끗하고도 맑은 벗 사이의 교제
좋은 감화를 주고받는 교제
sweet and noble friendship
서로 시샘하고, 폄하하며, 친한 척하는 위선적 우정도

잘라 내야 하는 인연일 것이다.
입만 열면 남의 험담인 사람과의 인연은 독이지 않을까?
맞대응도 못하고 벌집 건드리면 쏘이고 말 터이니
참으며 가는 인연! 그것도 악연이다.

그 사람을 만나면 힘이 나고 맑은 마음의 마중물이 된다면
그 인연은 좋은 인연이다.
타고난 박애주의자여서 모두 품고 가느라
자기 속은 거의 다 타 버렸는데… 그 인연의 전지를 못해서…
부도덕한 사람, 남의 돈 빌려다가 갚지 않고
자기 앞가림만 하는 사람 때문에 죽고 싶은 사람도 있다는데…
전지가위로 잘라 준 나무가 아름답고 건강하게 자라듯
악연을 잘라 내고 비록 몹시 외롭더라도
맑은 인연 하나만 있어도
우리 삶은 향기가 나리라 믿는다.

지저분한 잡동사니도 내다 버리면

마음의 뜰이 넓어지듯이
쓰레기 같은 사람들과의 우정은
내 마음밭을 척박하게 만들 뿐이다.
그런데도 아직 인연의 전지를 못하는 것은 그 사람뿐일까?
맑고 깨끗한 영혼의 사람, 남에게 도움이 되려 하고
베풀려 하고, 검소하게 사는 사람에게서는
난향이 나고, 박하향이 난다.
폭염의 끝에서 이제 전지가위를 찾아
제멋대로 자란 곁가지와 웃자란 가지를 잘라 내고
무성하게 자란 잡초를 뽑아내야겠다.
허명을 쫓아다니느라 바쁜 사람 말고
늘 분수껏 자기 정원 가꾸는 그런 사람으로
가을에는 기도하며 거듭나야겠다.
남의 돈으로 제 명예 높이려 애쓰는
종이 장미 같은 사람은 냉정하게 잘라 내야겠다.
입만 열면 불행한 사람을 가십에 올리는 추한 사람도
이제는 전지하고, 고즈넉하게 외로움을 택하고

단 하나의 인연이라도 고상하고 품격 있는
그런 관계를 지켜 나가야 하는 나이가 되었다.

오랜 여행에서 돌아온 눈이 맑고 착한 친구의
이런 '인연(因緣)의 전지(剪枝)'라는 결심을 듣고 눈물이 고인다.
얼마나 오래 힘겨워했을까?
그 친구의 손을 잡는 순간 눈물이 뚝- 떨어진다.
어쩌면 나 또한 인연의 전지를 못하고
사악한 운명에 휘둘린 적이 있었을 것이기에 눈물이…
맑고 착한 인연이 가장 큰 복이고 선물이다.
착한 사람은 나보다 남을 먼저 생각하고 베푼다.
맑은 인연이 가장 큰 힘이다.

그 약속은… 지켜졌다

우리는 살아가면서 약속을 가끔 한다.
"다시는 죄를 짓지 않겠다."
"다시는 시간을 허투루 쓰지 않겠다."
"베풀면서 착하고 아름답게 살겠다."
이런 자기와의 약속(約束)이 있기도 하지만…
"우리 사랑 변치 않기로 해요."
"언제 또 만나기로 해요."
"안 그럴게요."
상대가 있는 약속은 지켜지지 않으면
상대에게 상처를 주고 신용이 떨어진다.
단 한 번 일별(一瞥)했을 뿐인데
나는 어느 학생과 한 약속을 지키려 애썼다.

어느 날 유치원 정원에
꽃들을 보살피며 물을 주고 있었는데…
자전거를 타고 가던 한 청년이 서더니
"제가 이 동네에 살았어요… 오랫동안!

그런데 이 동네가 새로운 아파트가 들어서고 좋아진다고 하네요.
그래도 이 유치원 건물은 허물지 말아 주세요."
그 청년은 시카고에 있는 Art School에 다니고 있는데
방학 때 다니러 오면 꼭 동네 한 바퀴를 돌아보며
어린 시절을 회상한다고 했다.
오래된 마트의 친절한 멋진 주인들도 그립고
400년 넘은 신목(神木)도 그립고
웃고 노래하며 뛰놀던 유치원도, 놀이터도 그립다고 했다.
호박돌로 우아하게 지어진 유치원 건물은
허물지 말고 남아 있으면 좋겠다고
이만한 건물이 없다고 말했다.
사라지지 않고 보존됐으면 좋겠다고 했다.
함께 뜰을 가꾸던 선생님도 그 소리를 듣고
아름다운 얼굴에 미소가 꽃처럼 피어났다.
"아! 그래요?"
이 도시에 이만큼 아름다운 건축물은 없다는 그 학생의 말에
내 눈에 눈물이 고이고 가슴으로 은혜의 단비가 내렸었다.

이 건물을 짓기 위해 얼마나 많은 호박돌을 가져 왔으며
얼마나 오랜 시간이 걸렸던가.
38세의 나이로 나는 이 건물에 내 젊음을 바쳤었다.
나는 이 건물이 내 '이상(理想)의 집'이었기에
천국에 들어갈 수 있는 꽃 같은 아이들과 33년을 보냈다.
단 한 사람! 그 이름도 모르는 건축학도와 한 약속!
그 약속을 지켜 낸 내가 비록 늙어 다른 친구들보다
더 초라해졌다 해도 나는 후회하지 않는다.
단독주택을 짓고, 아파트를 짓고 30년 만 되면
집의 존재 이유는 빼 버리고 땅의 값만을 생각하는 사람들
그들은 때로 헌집을 보존하려는 사람들에게
질시의 눈 흘김을 보이며, 가짜 뉴스를 만들며
영혼의 상처를 덧나게 했다지만…
나는 우리 유아학교 출신들이 40대 중년이 되어 찾아와
"아이고! 우리 유치원이 아직도 살아 있구나!"
감동하도록 어제도, 오늘도, 내일도
아이들의 집을 가꿀 것이다.

그 아이들이 아이를 낳아 데리고 와
"이곳이 아빠, 엄마가 어릴 때 다닌 유치원이란다.
천국에 들어갈 수 있는 조건 모두를 이곳에서 배웠단다."
그 청년이 어느 날 찾아와
"그 약속을 지켜 낸 선생님이 고맙습니다."
손잡아 준다면 나는 정신적 아들 이상의 친구로 여기며
얼마나 행복할 것인가!
세상은 빠르게 변해 가도 약속을 지켜 내는 사람이 있기에
아날로그의 아름다움은 은은한 향기로 남을 것이다.
한번 흘낏 마주친 청년과의 약속! 지켜 냈다.

그 학생이 다닌 Art School의 건축학과에서는
자신의 전공 분야뿐만 아니라 다양한 예술 분야 전공을
자유롭게 공부할 수 있는 기회를 부여하는데
이런 학습 환경은 여러 분야의 예술을 접목
복합예술가로 성장할 수 있는 계기가 된다고 한다.
한국에서도 이런 학교가 많아지길 바라면서

그 청년 건축 예술가의 칭찬을 또 한 번 받고 싶다.
약속을 지켜 낸 후
칭찬을, 찬사를 듣고 싶은 오월이다.
봄은 오지 말라 해도 오고 가지 말라 해도 가고 있다.
첫 여름에 새 마을의 신록이 아름답다.
나이 들은 어르신을 대우하듯
오래된 점포, 오래된 건물의 아름다움을 볼 수 있는
젊은이들이 있다는 것도 축복이다.

영혼의 노숙자

우리는 때때로 사람이 흙으로 빚어졌고
죽으면 25g이 가벼워진다는 얘기를 하며
영혼의 무게가 25g일까? 하는 생각을 한다.
아담은 흙으로, 이브는 아담의 뼈로 만들어졌기에
여자가 더 강하다는 얘기도 한다.
가끔은…
하늘로 돌아간 사람들을 그리워하기도 하고
사무치게 원망도 한다고 하는데…
늙으면 늙을수록 '아이'처럼 변해 가는 모습에 눈물이 고인다.
잘 걷지도 못하시는 구십 넘은 아버지를 부축하고 가는
늙은 아들을 보면 가슴이 뭉클해진다.
아들을 낳아 몹시 기뻐하며 애지중지 키우던 아버지!
그 아버지를 돌보는 환갑을 훌쩍 넘은 아들!
때로는 서로 미워하며 원망도 했던 관계가 이제는
연민과 사랑으로 서로 기대며 가는 인생행로!
딸의 부축을 받으며 지팡이를 짚고 가는
모녀의 모습은 더 애잔하다.

코로나19로 온 세상에서 '백신' 전쟁이 벌어지고
사람 만나는 것을 기피하고 있다.
반가워 뛰어가서 주먹을 내미는 오랜 친구
안아 주고 싶어도 할 수 없는 이 시대
지구를 함부로 대해서 부메랑처럼
지구를 향해 날아온 바이러스
언제나 가까운 거리에서 이해도 하고 오해도 풀고,
우정을 나눌 수 있을까?

꽃들도 서둘러 피고 지고 이제는 신록의 잔치가 벌어졌다.
노숙자들은 공원 벤치에서도 잠을 청한다.
그들은 한 끼 식사로 허기를 채우고
신문지를 깔고도 잠을 잔다.
저 가여운 영혼들을 위하여 우리는 무엇을 할 수 있는가?
그저 코로나를 종식시키기 위하여 노력할 뿐
노숙하는 사람을 챙길 마음의 여유도 없다.
노숙(露宿), 이슬을 맞으며 사는 사람들!

그들이 잠든 벤치 위로 하늘의 별이 쏟아지지만
그들은 꿈도 꾸지 않고 죽은 듯 잠을 잔다고 한다.
지금 온통 '돈'이 중심인 세상에서
작은 바이러스를 피해 다니는 우리도
영혼의 노숙자일 것이다.
집값은 계속 오르고 직업도 불안하고… 모든 것이 다 불안하다.

백신을 맞은 사람, 맞지 못한 사람 그 차이가
이제는 신분의 차이가 되고 있다.
사람과 사람 사이를 멀리 떼어 놓는 바이러스에
얼마나 더 우리 영혼은 피폐해질 것인가?
사람들이 모여 함께 예배드리는 교회도
나이 많은 고령자는 갈 수 없고, 함께 모여 식사도 못하고…
대면(對面) 수업도 못하고… 우리는 이제
거의 모두 '영혼의 노숙자'로 살아야 하는지도 모른다.
이런 비상 시절에는 모두 약자(사회적)에게
더 많은 사랑을 주고, 배려를 주고, 위로해 주고

고통을 통해 승리하리라 응원해야 한다.
한 장의 마스크가 썩는데 450년이 걸린다는데
전율을 느끼고 생지옥 같다는 인도의 모습에
느슨했던 마음의 빗장을 닫아걸게 된다.
우리 모두 영혼의 노숙자인 이 시절에 그래도
우리는 열매 맺은 여름임에도 한기를 느끼며
다른 사람의 먹을거리와 잠자리를 챙겨야 한다고 생각한다.
이슬 맞으며 자고, 여름에도 추워하는 사람들에게
희망 바이러스가 찾아가기를 소원한다. 간절히….

70대 여인의 초상(肖像)

60대는 60대 대로, 70대는 70대 대로
80대는 그런 대로 살 만하다고 하시던 어머니!
'얼굴이 너무 상했다며 늙으면 끝이다.' 강조하셨는데…
90대 어느 날 길을 걷는데
"할머니! 이리 와 봐.
이 미나리랑 쑥, 내가 시골에서 캐 가지고 왔는데 사 봐요.
사다가 쑥인절미도 하고, 미나리 김치도 담가 봐요."
어머니는 구십 중반에도
허리도 안 굽고 지팡이도 없이 걸으시는 멋쟁이셨는데,
할머니가 할머니라고 부른다며
그 향긋한 미나리와 쑥을 사지 않으셨다고 하셨었다.
분명 할머니가 맞긴 맞지만
할머니가 할머니라고 부르니 기분 나빴다고 하셨었다.
아! 손자 손녀가 11명이나 되어도
함부로 할머니라 부르면 기분 나빠하시는 분도 계시구나!
어머니의 자존심이 구겨졌구나! 그때부터 나는
사람들에게 쉽게 '할머니! 할아버지!'라고 부르지 못한다.

'아주머니! 선생님!'
그 할머니의 인생노정(人生路程)에 할머니보다
화양연화(花樣年華) 시절에 불리던
'아가씨'라고 부를 수는 없지만…
'아주머니, 아저씨'는 마음에 상처 주는 호칭은 아니다.

어느 날 갑자기 이 세상에 나와
이런저런 호칭으로 불리며 나이를 먹어 간다.
어느 철학자는 70 무렵이 제일 좋더라 하셨지만
나도 누군가 느닷없이 '할머니!'라고 부르면
가슴이 아리다.
나를 꽤 젊어 보인다 생각하는
여인들이 많은데 호칭에 조심스럽다.
운영하던 유치원을 33년 만에 재건축으로 폐원하게 되었을 때
많이 우울했고 속앓이를 하며 그 유치원 건물을
그대로 보존하고 지금도 이틀에 한 번 정도는
그곳에 가서 둘러보고 온다.

그 동네에서 오랫동안 가게를 하는 아주머니가 나를 보고
'예림유치원 아줌마!'라고 부른다. '아줌마?'
33년 동안 불리던 원장이라는 직함은 어디로 갔나?
은퇴 교수에게 ㅇㅇ대학교 아저씨라고는 부르지 않는다.
그처럼 30년 이상된 직함으로 불러 주는 것이 예의라 생각한다.
'할머니!'라며 약하고, 아름다움도 사라진 존재!
그저 손자 손녀 돌봐 주고 용돈 받고, 주름진 손으로
미나리 향기나 다듬는 할머니에게도 아름다운 역사가 있다.
그 할머니들이 보살펴 온 닭, 강아지, 토끼도 수십 마리이다.
그 할머니 할아버지는 경험으로 얻은 암묵지(暗黙知)가
정신의 별장 속에 가득하다.
'할머니!' 어떤 조직에서도 움직이는 도서관
할머니 할아버지, 특히 할머니들을
얕보고 가볍게 쳐다보는 여인도 있다.
디지로그 세대, 디지털과 아나로그가 함께 있는 세대는
어른을 존중하고 자기들의 미래를, 아나로그 세대 할머니를
꼰대라, 라떼라 비웃지는 않는다.

아나로그 세대의 눈으로는…

예의 없는 젊음은 연줄 끊어진 날아가는 연 같아 보인다.

무게도, 품위도 없이 이곳저곳 가볍게 다니는 모습이

흡사 '어린 음악대'의 서툰 연주 같아 귀엽다.

70대는 생리학적으로 분명 노인이다.

그러나 잘 익어 온 과일처럼 향기 있는 사람도 많다.

할머니의 지나친 얼굴 화장은 조금은 어색하지만

끝까지 지켜 내려는 품격과 자존심은 경외롭다.

떠들썩한 젊음은 스쳐 가는 간이역 같지만

잘 늙어 온 70대 80대의 은빛은 그윽하게 아름답다.

조직에서 할머니들의 충고나 조언을 귀찮아하는 여인이여!

그대의 70대 이후는 어떠할까?

지난 시절이 그대로 드러날 것이다.

비싼 장신구나 백을 지녀도 그것이

허세임을 금세 알게 될 것이다.

김형석 교수님처럼 70대가 확실히 편안하다.

터무니없는 허영도, 가식도, 나르시스도 없이
극히 객관적인 '나'를 주관적으로 인정할 수 있으니
이제 부러울 것도, 샘나는 것도 없이 그저
수평으로 세상을 그윽하게 바라본다.
그런 여인들을 골치 아픈 할머니들이라 하지 마시라.
그들에게는 어떤 상을 주어도 어색하지 않다.
70대 영화배우 윤여정에게 주어진 상이
젊고 예쁜 얼굴에게 주는 상이 아니다.
그의 살아온 인생이 곧 향기이기에…
바람둥이 남편과 이혼하고 그저 할머니답게
지적으로 늙어 온 연기자에게 준 상이기에
70대 할머니들은 부럽다.
그래서 울며 살아온 나는 부럽다.
그래서 또 눈물이 나온다.

내가 가장 좋아하는 단어
—축복

어느 초라한 요양원에 모싯잎 송편 몇 상자 보냈더니
'복 받으세요!'라고 직원들이 인사를 한다.
복 받으세요.
복이 조금은 부족한 인생을 살아왔기에 가슴이 뭉클하다.
'남편 복이 있어야 자식 복도 있단다.'
이런 말은 자주 들었지만 '그럴 리가… 없을 것을.' 하고
냉소적이었는데 이제는 고개를 끄덕이게 되었다.
감사할 점이 적지 않지만…
그 말이 할머니들의 경험에서 우러난 말이기에
맞다!고 생각하게 된 것이다.
곱게 단풍 든 시월의 끝자락에서 놀랍게 늙어 버린
낯선 나를 거울 속에서 발견하고 화들짝 놀란다.
아니! 저 여인이 나란 말인가?
거울이 잘못 비쳐 준 것이겠지.
그런데 슬프게 애잔하게 웃는 여자가
'바로 너야!'라고 말해 준다.
그래도 아직은 우아하니까, 품위 있으니까 자위하며
눈물을 닦는다.

요즘은 성당에서 반려견, 반려묘도 축복식을 한다는데
나도 축복식에 가고 싶다.
무지개다리를 건넌 '봄'이라는 강아지가
하늘나라로 간 날을 기념해 뉴미디어 음악박사인 딸은
레슨실('모티브'라는~) 두 개를 지니고 레슨과 강의에 바쁘다.
여섯 마리의 강아지도 단독주택에서 키운 적이 있고
유치원 마당에서 '타라'와 '여름'이라는 고양이도 키웠었다.
그 아이들은 내 목소리만 듣고도 달려왔다.
내 사무실 문 앞에서 기다리고 있었다.
지금 14년을 함께 사는 '햇살'이라는 강아지는 함께 살며
애틋하게 희로애락을 함께 나눈다.
외로워하는 나에게 '햇살'이는 어떤 친족보다 위로가 되어 준다.
'왜 그렇게 강아지를 안고 다녀요?' 묻는 문우에게
'행복하니까요.'라며 웃는 나를 그 시인은 고개를 갸우뚱거린다.

반려견, 반려묘는 결코 배신하지 않고 사랑을 준다.
요즘 거의 모든 사람들이 대면하기 어려운 사람 친구 대신
강아지를 데리고 산책하고, 고양이와 사랑을 나누고 있다.

'유녹'이라는 카페에도 고양이가 먹을 수 있는
사료와 간식, 물을 준비해 놓고 있어 흐뭇하다.
고양이 식탁이 멋지다.
바쁠 터인데 그 고양이(엄마 고양이, 딸 고양이)를 챙기는
알바 여성이 아름답게만 보이고
청년의 어머니 이름 윤옥에서 가져온 '유녹'이라는 카페가
그 동네의 명소가 되어 감에 기쁘고, 흐뭇하다.
젊고 유능한 청년에게 존경심이 든다.
우리 인간보다 그들이 더 귀한 듯 느껴진다는 친구도 있다.
말을 못하기에 거짓말도 없고, 사기 치는 일도 없고,
사람을 해코지하고 도망치지도 않는 족속들
나무처럼 소중하다.

요즘 아름다운 소식을 만났다.
요구르트를 배달하는 아주머니가 소식을 전해 주었는데…
병에 걸려 죽어 가는 길고양이를
동물병원에서 약을 사다 먹여 살렸는데…
동네 반찬가게 사장이 집을 만들어 주어

그곳에서 행복한 건물주가 되어 잘 살고 있다는 소식
나쁜 사람들이 발견하고 혹여 학대할까 봐
얼굴도 예쁜 반찬가게(동이라는 이름의~) 여주인은
집 위에 CCTV도 설치했다.
고양이는 싫다고 학대하는 사람을 용서할 수 있을까?
고양이가 있어 쥐가 없지 않은가?
고양이와 함께 있으면 심장질환이 줄고
두통도 가라앉는다는 보고도 있다.
사노라면 힘겹고, 눈물 나는 때가 많은데
우리는 그런 귀여운 생명체를 보호해 주면서
아름다운 마음을, 사회를 만들 수 있다고 믿는다.
생명 있는 것들을 품어 주고, 사랑하면서
우리 또한 병원에 다니면서 예뻐지는 것보다
훨씬 더 깊고 애틋한 아름다움을 지닐 수 있다.
확실한 처방이다.

'축복'이라는 단어가 어찌나 좋은지!
축복교회에 가면 축복받을 수 있을까?

전염병 코로나를 피해서 살아온 3년여
전쟁하는 나라를 보며 살아온 날들
'이렇게, 저렇게 가슴을 쓸어내리며 살다 보니
모든 게 축복이었다!'고 친구들은 말한다.
그런데… 어느새
가을도 깊어지고 겨울이 오고
한해의 끝자락이 보인다.
나이 어릴수록, 나이 들수록 동물들을
사랑하며 측은하게 여기며 그들에게
축복이 함께하기를 빌게 되는 것은
큰 축복은 어릴 때부터 와서
늙어 감에 더 선량해진다는 잠언을
아름답게 품어 안고 살기 때문일까?
이제 곧 하얀 눈이 축복처럼 내릴 것이다!

내 마음의 은행

시인은 수에 약하다고 한다.

경제력도 약하다고 한다.

나 또한 수 개념에 취약하다.

그러나 베풀고, 나누는 것을 행복해하니

타고난 성정이라 고쳐지지 않으니 어쩌랴!

다행히도 지갑에 넉넉한 마음 담고 다니니 하나님의 은혜다.

나보다 빈곤한 사람을 그냥 지나치지 못한다.

아버지나 남편의 질책이 늘 뒤따른다.

'자기 앞가림을 하지 않는다.'고

동생들은 언니를 위해 쓰라고 야단이다.

마사지 한 번 하지 않으니 콜라겐 부족으로 피부가 처지고,

기미가 많다고 야단이다. 그래도 난 돈이 생기면

이건 누굴 위하여 쓸까? 궁리한다.

알 만한 사람은 다들 아는 사실이다.

재건축 현장에 있으면서도 아파트 한 채 사지 않았다.

'투기의 현장에 있고 싶지 않다! 부자 되고 싶지 않다!'고

큰소리쳤다. 그저 38세에 설립한 유아학교만 보존하려 애썼다.
5층 아파트가 25층까지 올라가고 새마을이 됐어도
나는 개의치 않는다.
높은 아파트가 나를 내려다보며
지하1층 지상2층의 아름다운 유치원을 지키는 것이
나는 아파트 몇 채 가진 부자보다 못할 것이 없다.
정원에 자작나무를 심고 수선화, 목련, 옥수수도 심고
그 무엇이든 가꿀 수 있는 뜨락이 있음에 행복하다.
건물이 우아하고 품위 있다는 소리에 만족한다.
아파트도, 부자 되고 싶은 생각도 정말 없다니
친한 친구가 독특하다고 한다.

그래도 좋다.
내 로망은 아름다운 인생 학교에서 시니어들과 친구하며
아코디언도 배우고, 시낭송도 하며
잔치국수도 먹으며, 커피도 마시며
소박하게 은퇴 이후를 엮어 가는 것이니까.

그런데… 아름다운 유치원 건물도 나이가 37세다.

여기저기 리모델링해야 하는 때가 시나브로 찾아왔다.

이곳을 고치면 저곳이 고쳐 달라! 하고

집 한 채 새로 짓는 경비와 시간이 들었다.

내 통장의 잔고가 낮아지면서 내 로망의 잔고도 낮아지고 있다.

문학관도 만들어야 하고 장학재단도

내 이름으로 만들어야 하는데…

초조해지고, 예민해진다.

그 누구도 나에게 위로를 보내지 못한다.

왜?

그들은 '내 마음의 은행' 잔고를 모르고

로망의 잔고도 전혀 모르니까?

늘 보라색으로 우아하니까!

몇 백억 부자인 동생은 언니의 은퇴가 신기한가 보다.

나는 남편과 생존해 계신 아버지께

갈비와 갈비탕을 자주 사 나르고, 떡도 나르니까!

나를 위해서는 1년에 한 번 미용실에 가고

폐휴지 싣고 가는 노인들께 지갑을 자주 여니까!
내 마음의 은행에는 이제 유치원을 운영하지 않는 시인에게
무례하게 대하는 은행원도 있음을…
그들은 높은 이자로 높은 연봉을 받으니
시를 쓰며 최고 지식인이라 생각하는 작가들은
안중에도 없는 듯하다고
원로 작가님이 웃으며 말씀하신다.
"안 선생님! 그러라 하세요."

"언제까지 그렇게 계산에 어두울까요?
겸손하지 않은 금융인이 전세 사기를 당하고 통곡하는
젊은이들의 슬픔의 잔고를 알겠어요?
피눈물 흘리며 우는 서민들의 마음을…
겸손하지 않던 사람들이 곧 울게 되는 날이
울면서 오고 있답니다.
가난한 사람에게 위로는 못할망정
교만으로 상처 주는 자 곧 통곡한다니까요.

서민의 아름다운 은행이 곧 설립된다니까요.

사기꾼이 많은 세상에서 올곧게 사는 사람이 꼭 승리한다.”고

아름다운 교회 목사님이 말씀합니다.

동화 같은 현실입니다.

2부

햇살이 생일은 우리가 정했다.

햇살이의 14세 생일날.
늘 내 곁에 있는 햇살이는 사실 정확한 생일은 모른다.
엄마, 아빠가 어떤 족속인지도 모른다.
다만 유순하고 미모가 출중한 개였다고 짐작할 뿐이다.
반려견, 반려묘 때문에 웃을 수 있다.

좋은 친구 한 명만 있어도…

가을이 깊어 가면서, 나뭇잎이 물들고
그 나뭇잎이 하르르 떨어지면 그때부터
나이 든 여인들은 더 외로워진다고 한다.
친구가 늘 많은 친구도 눈매가 서늘해지고,
늘 고독해 보이는 친구는 가슴에 방(房)이 생겨 괴롭다고 한다.
그 빈~방에는 책과 편지, 일기로 가득 차 있지만
가을의 빈방에는 바람만 불고…
누구에겐가 전화를 걸어 하소연하고 싶어도 망설이고 만다.
친구란 어떤 존재인가?
기쁠 때, 슬플 때, 억울할 때… 그 어떤 때라도
부르면 대답하는 사람을 친구라 할 수 있다.
이리저리 삶에 시달려 괴로울 때
언제나 부르면 대답하는 사람
한 명만 있어도 겨울이 오고 있는
텅 빈 들녘에서도 외롭지 않다.

어느새 11월, 12월 연말이 되고 수첩을 정리하다.

보면 이제는 이 세상을 떠나 아무리 불러도
대답이 없는 친구가 서너 명이나 된다.
언제 만나지? 늦가을에 만나자!
했는데 그 사람은 그만 떠나고
그의 부드러운 미소와 목소리만 남았다.
누군가 나를 만나고 싶어 할 때
나는 딴전 부리며 다음에 보자 했는데
이제 그는 어디에도 없으니…
곁에 있을 때 더 사랑하지 못한 내가 한심할 뿐이다.

좋은 친구란… 언제 어디서나 내편이 되어 주고
부르면 바로 대답하고 달려와 주는 친구인 것이다.
늘 자기 잇속만 밝히는 이는 언젠가
홀로 통곡하며 홀로 길을 갈 것이다.
늘 애처로운 시선으로 약자를 돕고
가난한 이를 위해 지갑을 여는 이는
늘 서너 명의 친구가 포진하고 있다.

재산이 많아도 깍쟁이여서
손 시린 친구에게 장갑 하나 못 사 주는 사람!
항상 자기만 생각하는 이기주의자는 언제나 마음이 시리다.

가을이 가고 겨울이 오는 길목에서
따뜻한 목도리를 사고, 늘 전화 하면 바로바로 대답하는
좋은 친구에게 선물하리라 가슴이 술렁인다.
나 스스로 보다 남에게 더 따스한 사람!
걱정을 나누는 사람! 그런 친구에게
어떤 선물을 할까?
소녀처럼 설레이며 선물을 고르러 간다.

바바리코트 사이로 찬바람이 지나가고
머리카락 헝클어지지만 친구 생각에 신이 난다.
부자는 아니어도 좋은 친구가 서넛 있으니
이 연말에 무얼 애달파할까?
몇 배나 오른 아파트를 사 두지 않았어도

북유럽 여행 못 갔어도
아름다운 우정을 꽃피우는 사람들은
가슴에 빈~방이 생겨도 금세 꽃향기 그윽해진다.

사노라면…
뒤돌아보면 금세 한 해의 끝자락이다.
더 많이 덕(德)을 쌓고, 사랑을 쌓아
가슴에 빈~방을 채우리라 다짐하는 초겨울이다.
좋은 친구 한 명만 있어도 행복하다. 충분히!

칭찬이라는 보약(補藥)

더웠다가 추웠다가 가을은 가 버리고
이제 진정 겨울이 왔다.
나뭇잎을 밟으며 벌써 한 해가 저물어
가고 있다는 생각에 가슴이 시리다.
정녕 나는 잘 살았을까?
이웃에게 사랑과 관심을 보내며 미소로
인사하며 아름답게 살았을까?
몸 이곳저곳에서 말을 걸어오는
나이에 왠지 기운이 없고 무시로 눈물이 흐른다.
이제 만나고 싶은 그리움도 없고 그저
덜 늙었으면! 안티에이징에 관심이 많은
늦가을 같은 여인!
외로움이 제일 힘들다고 하소연하시던 어머니!
합창단(여고 시절) 소속이시던 어머니의
노래 한 곡 녹음 못한 것이 한이고
함께 캠핑 못한 것도 한이다.
노래방에 가고 싶다 하셨는데…

시골집에서 야영 한번 하자 하셨는데…
그것도 못하고 떠나신 어머니!
어머니가 남긴 말씀들을 한밤에 꺼내
반추하노라면 으레 눈물이 흐른다.

나처럼 내 딸도 엄마 말을 새겨듣지 않고
자기가 외동이어서 무척 외로웠다는 말만 자주 한다.
이래저래 울적하고 적적한 날
얼굴에 생긴 기미 때문에 약국에 들렀다.
세 명의 약사들이 웃으며 맞이한다.

아기 천사들이 세상에 나와 처음 보는 얼굴

미국 '로마 린다' 의과대학 산부인과 의사 A교수!

나이 들어 가는 속도는 느린 듯 빠르다.
뒤돌아보면 한해의 반이 지나고…
어쩌면 내가 아닌 듯 거울 속의 여인은
우아하지만 고독해 보인다.
눈에는 눈물이 고였다.
유아들과 함께한 33년이 가고
부부와 나이 든 반려견 '햇살'이와 늙어 가고 있는데…
미국에서 손님이 찾아왔다.
코로나, 폭염, 폭우…
그렇게 4년을 보내고 손님이 찾아온 것이다.
아들 부부, 손녀 둘!
아이들은 은행의 재무 전문가인 아빠와
의사(산부인과)인 엄마의 각별한 돌봄 안에서
골프도 치고, 축구도 하면서 귀한 분위기로 자라는데…
적적한 부부의 햇살이 되는 강아지 '햇살'이를

손녀 둘은 안고, 부비고 열렬하게 사랑한다.
너무나 힘든 인생 고개에서 자식들의 방문은 큰 선물이다.
은혜, 은선이… 그 소녀들만큼 사랑스러운 손님은 아직 없었다.
자식보다 손녀, 손자가 더 예쁘다고들 하더니
나는 이제야 옛말이 그른 말 하나 없다는 것을
또 늦게 깨달았다.
그 누구보다도 유능한 재무 전문가와
그 누구보다 아름다운 여의사!
그들의 사랑은 하나님의 은혜로 찾아온 손녀 은혜, 은선이다.

말없이 조용한 여의사!
몹시 우울한 비가 가슴에도 내려 적셨는데…
반가운 손님이 찾아오면서 나는 다시 행복을 찾았다.
시장 주단 코너에 가서 아이들 한복을 고르고
그 아이들이 기뻐함에 함께 웃는 시간
나는 다시 유치원을 개원한 듯 생기가 돌았다.
그런데 시어머니 입장이 아니고

한 여성으로서 여의사(산부인과) 며느리를 본다.

아기 천사들이 응애응애 울며 태어나는 순간
아기들이 맨 처음 보게 되는 산부인과 의사!
그녀의 얼굴에 미소가 번지고
아기들의 태어남에 감사하며 흘리는 눈물… 땀방울
하나님! 감사합니다.
무사히 태어나게 해 주신 신께 감사드리는 여의사!
그 여의사만큼 축복받은 여인도 드물 듯하다.
아기들이 세상에 나와 맨 처음 보는 얼굴
화장기 하나 없어도 그 여인은
몹시 아름답고 우아하다.
아들 부부는 바쁜 사회생활 속에서도
서로 격려하며 딸 둘을 반듯하게 키우고 있다.
어찌나 예쁜지! 그 아이들은 서로 다투지 않고
웃으며 행복 바이러스를 주변에 퍼뜨리며 자라고 있으니…
성직자의 설교보다 몇 배의 강한 울림으로 은혜를 받는다.

인구의 절벽, 인구가 줄고 줄어 어쩌면
사라지는 마을도 속출하고
끝내 독신으로 사는 사람도 적지 않아서
반려견, 반려묘가 자식처럼 대우받으며
우리를 위로하는 이 시대다.
손님이 찾아온 늦여름
폭우에 사라지는 마을을 보며 하염없이 창밖을 내다보다가
갓난아이가 맨 처음 보게 되는 얼굴 산부인과 의사
며느리의 얼굴을 조각하고 싶은 충동을 느낀다.

아이들만큼 신(神)의 존재를 알게 하는 사람은 없다.
많은 가능성에 찬 인생을 안고 세상에 나와
맨 먼저 보게 되는 여의사!
그 의사에게서 숭고한 신의 얼굴을 본다.
얼룩진 영혼을 소생시켜 주는 얼굴
바알간 얼굴로 우는 아기
그 아기를 받아내는 여의사의 얼굴만큼

아름다운 얼굴을 아직은 본 기억이 없다.
세상에 나와 울면서 보는 의사의 얼굴
그 얼굴은 신의 작품이다.

손님이 찾아오셨습니다! 소녀 천사 둘을 데리고….

백만 송이 장미

꽃집에 가면 요즘은 괜시리 부끄러워진다.
이토록 아름다운 꽃들 속에서 향기 나는 꽃은 드물고
색깔만 화려한 꽃도 있고, 애잔한 호소력으로
내 가슴에 들어와 앉는 꽃도 있다.
야생화를 좋아하고 그중에서도 작은 제비꽃
향기 그윽한 찔레꽃을 좋아하는 나는
장미를 좋아하지는 않는 편이다.
가시에 찔려 봤기에 조금 다가가기에 꺼림직하다.
장미에 가시가 없으면 장미가 아닐 텐데…
장미와 나는 이미지부터가 영~ 달라서 그런가?

'백만 송이 장미'라는 러시아 음악이 좋아 자주 듣는데…
들을 때마다 눈물이 흐른다.
백만 송이 장미는 한국에서는 S모 가수가 부른 노래다.

먼~ 옛날 어느 별에서 내가 세상에 나올 때
사랑을 주고 오라는 작은 음성 하나 들었지
사랑을 할 때만 피는 꽃

백만 송이 피워 오라는 진실한 사랑을 할 때만
피어나는 사랑의 장미

나는 이 가사를 들을 때 눈물이 흐른다.
백만 송이 장미는커녕 백 송이 장미나 피웠을까?
가시에 찔릴까 두려워 피해 다녔나?
나를 사랑해 주신 동료, 어머니, 친구…
그들에게 나는 한 송이 장미로 피어났었을까?
교회도 안 다니신 어머니께서 천국으로 가고 싶으셔서
임종 무렵, G목사님의 기도를 받고 싶다 말씀하셨을 때
나는 그것도 못 들어드린 딸이다.
목사님의 기도 한번으로 천국에 갈 수 있을까?
수시로, 틈만 나면 기도하는 사람들
하늘나라 축제에 갈 수 있을까? '자기'밖에 모르는 이기주의자
남에게 진정한 사랑을 주어 보지 못한 사람들
어려울 때, 슬플 때! 그럴 때만 장미를 피운다면
몇십 송이 장미를 피울 수는 있겠다.

가정의 달 오월!
장미는 꽃집에서 가장 많이 팔린다고 한다.
나이가 90이 넘었어도 장미 한 송이 피워 보지 못하고,
사랑하는 사람에게 바쳐 보지 못한 구두쇠 할아버지
이제는 하루에 몇 송이씩 장미, 사랑의 장미를 피워 보세요!

어버이날, 어린이날, 그런 날에만 장미를 피운다면
어느 세월에 백만 송이를 피우고
어느 별나라로 초빙되어 갈 수 있을까?
스스로는 사랑이 많은 사람
휴머니스트라고 자부했지만…
내가 태어날 때, 어느 별에서 들려왔던 소리!

'백만 송이 장미를 피워 오라!'
그 소리에 과연 얼마나 순종했는가?
부끄러워 손수건까지 꺼내들고 눈물을 흘린다.
손수건이 젖었다.

맑은 물에 눈물을 씻어 내리라.
그리고 하루에 한 송이 장미라도 꼭 피워 내리라.
그 길이 내가 아름다워지는 길이다.

의학의 힘으로 아름다워진 모습은 금세 사라진다.
원수도 사랑하자!
때때로 나를 괴롭히는 모든 사람들도 사랑하자.
그리해서 백만 송이 장미를 피워
그 아름다운 별로 가리라!

남겨진 말 한마디

가끔 잠을 설칠 때가 있다.

몹시 괴로운 일을 만났을 때

그날 밤에 잠은 안 오고 지난날 있었던 일, 만났던 사람들

그 배경이 영화처럼 찾아와 잠을 방해한다.

젊은 시절, 그 시절에도 그랬던가?

그냥 바쁘게 직업에 충실하다 보니 잠은 늘 달콤했었는데…

잠이 잘 온다는 차를 마셔 보지만 그것도 금세 효과가 떨어지고

자꾸만 옛 시절 만났던 사람들

홀로 서 있던 고독한 모습이 떠오르고

책상 앞에 앉아 추억이라는 내 인생 영화를 되새겨 본다.

시계는 재깍재깍 가고 내 인생도 흘러간다.

이미 인생이라는 편도 여행 열차에서 내려

무지개다리를 건너간 사람도

수첩에 기록한 전화번호와 함께 사라지고

그들이 내게 남긴 흔적을 찾아본다.

고난도 변장해서 온 은총이었기에

나를 성장, 성숙시킨 사람들이

당의정 같은 말을 건네준 기억보다

쓴말을 심어 준 경우가 더 많았던 듯…

"교양이 있고, 의리는 있지만…

너무 내성적이라 재미가 없어요."

어느 문단 선배의 말도 내게는 남아 있고

그분께 어떻게 해야 마음에 들까 고민하기도 했다.

어머니께서 남겨 준 말씀 한마디!

"자기 자신의 가치를 모르는 헛똑똑이."

아버지께서 남겨 준 말씀 한마디!

"너무 예민한 사람."

'나'를 제작하신 분들의 지적은 100% 맞긴 맞지만…

나도 단맛을 싫어하지는 않기에 칭찬을 더 좋아했었다.

80대 후반의 친척이 어느 날 이렇게 말씀하셨다.

"어느 날 누군가의 한마디 칭찬에

고래처럼 춤추듯 기분이 좋았다."라고.

몹시 외롭고 처음 가 보는 이 길

노화의 길목에서 나도 칭찬에 몹시 목마르다.

"아이고, 참 곱게 나이 드셨네요. 젊어서 참 예쁘셨겠어요."

그런데 그런 말에는 춤추지 않는 늙은 돌고래다.

"고우시네요. 우아하시네요. 지적이시네요."

이런 말에는 춤을 춘다.

내가 이러니 남들에게 늘상

"선생님이 저의 마지막 축복이에요. 곱게, 우아하게, 지적으로!"

칭찬을 선물처럼 안겨 주려 한다.

"이마가 참 예쁘시네요. 눈이 참 착해 보이네요!"

마스크 쓴 얼굴로는 얼굴 모두를 칭찬 못하니

태도와 자태 그리고 확실히 보이는 눈, 이마를 칭찬한다.

어떤 모습이 고운 것일까?

잘 생기고, 예쁜 모습이 아니라 어질고 관대해 보이는

미소 짓는 모습이 고운 모습이라고 생각된다.

아무리 의학의 힘을 빌린다 할지라도

독하고, 이기적이고, 사악한 모습을 바꿀 수 없기에

남자, 여자 젠더의 구별 없이

선량한 눈매가 제일 소중한 명함일 것이다.

혀에 혓바늘이 돋았다고 호소하시는 집안 어른께
구내염 약을 사다 바르시라고 알려 드리니
입술도 자꾸만 벗겨진다고 하신다.
"꿀을 조금 발라 보세요."
마스크를 쓰고 생활하니 접촉성피부염이 많은 요즘이다.
유난히도 피부관리에 신경 쓰고 노화에 신경 쓰는 지인이 있다.
조금 젊어 보이기는 하지만 혀에 칼이 있는 듯
마음을 베어 내는 말을 잘한다.
자기에게 도움이 안 되는 사람에게는 망설임 없이
그녀의 혀는 칼이 되어 마음을 베어 상처를 입힌다.
어떤 부부는 가장 소중한 배우자에게 언어폭력을 휘둘러
혀가 칼이 되게 무뢰한으로 변한다고 들었다.
최고의 인텔리라며 거들먹거리지만 그런 남과 여는
작은 고양이도 도망가고, 토끼도 도망가고
노란 병아리들도 그들 곁에서 도망간다.

자기 주변 사람들을 쫓아내고

어느 날인가는 자기들이 쫓겨나게 된다.

말 한마디로 그들이 떠난 후에도 그 말이 내 가슴에서 자라

그들을 그리워하게 된다면 그들은 하나님의 은혜로

아름다운 인생, 달콤한 인생을 살게 되는 것이다.

말을 적게 하고도…

코로나를 막기 위해 마스크를 쓰고 지나온 3년여의 시간들

그 시간 속에서 내가 내뱉은 말로 한 사람의 가슴에

한 포기의 꽃으로 나무로 자라게 하고

많은 이의 그리움이 될 수 있는데도

왜 그 혀에 칼을 품고

소중한 사람, 소중한 기회를 분실하게 만드는지

안타까운 경우도 더러 본다.

잠이 안 오는 밤

그래도 봄은 왔고

나를 키워 준 돌아가신 어머니도 오셨고

모진 말을 내 가슴에 심어 주어
눈물을 흘리게 한 사람도 다녀갔다.
누군가에게 말 한마디로 그를 꽃으로 만들고
그리움으로 만드는 여인은 90이 되어서도
"참 곱게 나이 드셨네요!"
찬사를 겸손하게 받아들고 활짝 웃을 수 있겠다.
잠은 잘 안 와도
올해도 토끼처럼 사랑하는 사람이 올 것이고
봄은 이미 와 우리 곁에 있다.
지난해보다 더 고운 모습으로, 우아한 자태로!
말 한마디가 불행을 초래하는 예언이 될 수도 있고
행운 부르는 예언이 될 수도 있음을 잊지 말고
올해에는 부정적인 말을 잊어버리고
긍정의 힘이 실린 말을 해야겠다.
말은 자기에게 보내는 예언이라 한다.

긴~ 터널을 지난다

운전을 하다 보면
복잡하던 가슴이 조금은 정리되고,
거리 풍경에 섞여 지나노라면
삶의 애환이 조금은 엷어지기도 한다.
버지니아울프의 수필 〈자기만의 방〉이
내게는 경제력이고
운전하는 하얀 차 한 대이기도 하다.
혼자 드라이브하면서
붉은 단풍, 노란 은행잎을 보며 음악을 들을 때
실타래처럼 엉켜 있던 생각들이
조금씩 정리되고, 다듬어지고…
그러다가 긴~ 터널을 지나면서 기다림을 또 배운다.
그래! 이 터널을 지나면 밝은 거리가 나오고
나 또한 새로운 길로 달릴 수 있다.
아름답게 산다고 노력했지만…
때때로 긴~ 터널을 지나듯 했고
나쁜 사람을 만나면 저주하기도 했었다.

복수는 내가 하지 않는다.
내가 믿는 하늘 아버지께서 대신해 주실 것이다.
겉으로 배어 나오는 우아함과 교양도
'나쁜 사람'을 저주할 때는 조용히 사라지고…
기도도 소용없음에 눈물 흘리기도 한다.
도무지 끝날 것 같지 않은 나쁜 사람과의 인연은
긴~ 터널 같다.
그래도 터널의 끝은 있었다.

나를 사랑하던 사람들
하나, 둘 떠나고 속절없이 노화되어 가면서
그래도 사랑받을 자격 있는 아이들을 보면
'어둠'의 역에서 '밝음'의 터미널로 도착한 듯
내 마음에 꽃이 피어난다.
33년 운영하던 유치원이 쉬고 있는 동안
나는 행복하지 않았다.
아파트 재건축 때문에 쉬게 되어 불행했다.

그런데 이토록 온 세계가 불안할 때
아무리 출산을 장려해도
여인들은 결혼도, 출산도 두렵다고 한다.
기후 문제
전쟁 문제
환율 문제…
이 와중에 왜 어렵게 아이를 낳아 기르느냐 묻는다.
차라리 사랑을 주기만 하는 강아지를 키우며
이 삶의 터널을 지나겠다고 한다.
봄, 가을은 짧아지고
여름, 겨울은 길어진 우리의 환경
미친 듯 오른 집값이 이제 내려오고 있지만…
MZ세대들은 마음 편하게 집 마련하기도 어려운 형편
낙엽이 뒹구는 시월의 어느 멋진 날
노인들은 단풍구경 가기도 두려워하면서 떨고 있는 가을
요즘 세상은 끝이 없는 긴~ 터널 같다고
젊은이들은 우수에 젖었다.

사랑하던 사람들
지고지순하게 나를 도와준 사람들
하나, 둘 떠나 버린 거리에서 눈물이 흘러내린다.
인생이라는 장애를 겪으면서 그래도
자연에게 맡길 수밖에 없는 사람들
터널을 지나면서 한없이 너그러운 자연과 귀여운 동물들
그들을 사랑하며 살 수밖에 없음을… 다시 깨닫는다.

인생의 화양연화가 지났어도
그래도 터널의 끝은 곧 나타날 것이다.
한 편의 영화 같고
한 편의 시 같은 인생!
파랗기만한 늘 푸른 나무보다
가을 되면 단풍 들고 하르르 지는 나무가 더 아름답다.
인생 또한 그렇지 않을까?

헛농사

모종을 팔고 있는 아주머니에게 다가가
"고추모 두 판만 주세요."라고 하자
아주머니는 머뭇머뭇한다.
"왜 그러세요? 아니 어디에 심고 가꾸시려고요?"
"베란다에서 키워 보려구요."
"베란다에 벌들이 찾아오나요?
꿀벌이 수분(受粉)하지 않으면 고추가 열리지 않아요."
"그래요? 그래도 주세요.
한번 꼭 가꿔서 빨간 고추 따 보고 싶어요."
아주머니는 아무 말 없이
20포기의 고추 모종을 안겨 준다.
베란다에 그들을 심고, 물을 주고
꽃도 피었으니 설마 고추가 열겠지.
나는 베란다에 앉아 커피를 마시며
고추가 주렁주렁 열리는 상상을 해 본다.

그러나… 아무리 기다려도

꽃에 나들이 온 것은 파리 몇 마리

벌은 끝내 찾아오지 않는다.

하루, 이틀, 사흘…

한 달이 지나도 오지 않는 벌

멸치 부스러기를 놓아 두니 파리 몇 마리 방문했을 뿐

그들은 수분을 시킬 줄 모른다.

끝내 침묵하고 있는 고추

아! 혹시나 하고 가져다 놓은 내가 착오였다.

벌들이 수분해 주지 않으면

어떤 열매도 열지 않는다는 것을 잘 몰랐다.

나이가 부끄러웠다.

사노라니 왜 이다지도 부끄러움이 많이 쌓이는가?

자랑스러움은 없고 온통 부끄러움이 쌓인다.

꽤 괜찮은 모습이라고 뭐 그동안 찬사도 자주 받았으니…

그러고는 큰 거울 앞에 섰다.

아니! 낯선 여인이 거울 속에 있다.

삶에 지친 초라한 눈빛, 희망 없는 표정으로

거울 속의 여인은 나를 보고 웃는다.

'바로 당신이에요, 내가!'

눈물이 흐른다.

꽤 괜찮은 시간들…

내 화양연화(花樣年華) 다 가고 새잎 피자 묵은 잎 지고 있다.

치열하게 살았지만…

이젠 어디를 가나 '그때 그 사람'으로 기억된다.

착하게 살아오니 복이 온 것이 아니라

더 착해지라는 주문만 있을 뿐…

애지중지 키워 온 딸 하나

그녀도 이제 늙어 가는 엄마를 측은해하기보다

"인정할 것은 인정하세요!

지성적인 모습보다 인자한 할머니가

더 아름답다."며

젊은이들은 할말 안 할말 다 한다.

열리지 않은 고추를 보며 이제야 탄식한다.

"아! 헛농사 지었구나."

날아오겠다고 약속도 안 한 꿀벌

그 꿀벌들이 모기약 뿌린 베란다에 왜 찾아오겠는가?

그들도 힘들어 죽어 간다.

무수히 죽어 간다.

그토록 소중한 꿀벌의 폐사에

미국에선 꿀벌통을 선물로 보낸다.

감동적 선물이다.

얻는 것이 있으면 잃는 것 또한 있지만

꿀벌이 살 수 없는 세상에서 농민들은 탄식한다.

'우리가 그들을 쫓아 버렸다!'고

농약을 마시고 죽은 꿀벌들!

나는 인생 들녘에서 잃어버린 것들을 헤아려 보고 있다.

착한 친구들, 젊은 날의 사랑했던 사람들

늙어서는 자식 농사가 제일이라는데…

내 작황은 어떠한가?

자식이 그 누구보다 좋은 곡을 쓰고 후진을 양성하고
친구 같은 남편과 연주하며, 약자가 덜 슬퍼하는 세상을
마을을 만들어 가길 빌고 또 빌 뿐이다.
한번뿐이기에 일생이다.
이제 부모가 되려는 사람도 적고
농사지으려는 청년도 적다.
결혼도 않는 비혼자도 많고
자식 낳지 않는 부부도 많다.

헛농사 지었네요!
고추 열리지 않는 베란다에서 반성한다.
고추모를 시골 그 공기 좋은 곳에 심었으면
가을에 선홍(鮮紅)의 고추로 얼마나 기뻤을까?
자식도 어떻게 교육했어야 했는지 지금은 후회해도 늦었다.

독(毒) 있는 부모가 되지 않고 이타적인 사람
어려운 사람 돕는 사람

사람을 사랑하는 사람

눈물 없는 사람보다

눈물 많은 사람을 사랑하는 사람

아름다운 사람을 길러 낼 때

우리의 베란다는

꽃밭이 되고, 향기가 되고, 행복이 될 것이다.

"헛농사 지었어요! 올해는….."

배우(俳優)라는 이름으로… 작가(作家)라는 이름으로…

요즘 70대 여배우의 명성이 자자하다.

두 아들들도 잘 자랐고 본인 또한 호들갑 떨지 않고

아픔을 견뎌 내고 삶의 변곡점 70대에서

세계 영화계의 정상에 올랐다.

젊고, 예쁜 역할만으로 인생을 적나라하게 표현할 수 없음에도

미모로만 배우라는 이름을 지켜 내려는 사람들 속에서

70대의 여배우는 그 누구보다 그 어느 시절보다 여유롭다.

배우란 고정된 직업명이 아니라

도달할 수 없는 이상향의 다른 이름이다.

Y라는 여배우는 젊었을 적보다

늙은 지금이 훌륭한 연기자로 보인다.

이혼의 아픔을 겪어 내지 않은 사람은 결코 짐작도 못한다.

사별(死別)보다 더한 스트레스를 받는다고 한다.

그녀는 그런 아픔을 감내하고 바람 같은 남편을 놓아 주고

깊어지고 넓어진 눈으로, 가슴으로 연기를 하기에

갈채를 받으며 상(賞)을 받은 것이 아닐까?

어느 날 어떤 모임에서

어디론가 버스로 단체 여행을 가면서
'나는 이혼한 여자들이 싫어요!'
늙수그레한 작가가 그렇게 얘기하더란다.
이혼이 얼마나 아픈 것인데…
그 늙수구레한 문인은 그렇게 말을 했을까?
언젠가 들려오는 풍문에 그의 딸이
바람둥이 남편과 헤어졌다는 소식이…
한 치 앞도 모르는 것이 인간사(人間事)다.

이혼, 사별하지 않고 평생 해로하는 부부가 부럽다.
하지만 사별도 이혼도 어찌할 수 없어
가슴이 녹는 듯한 아픔에도 불구하고 겪는 것이거늘
사별하면 센 팔자, 이혼하면…
아내의 아픔을 몰라라 하고 이렇게 저렇게
다른 여자와 아이를 낳고 몰래 키우던 사람
그런 사람과도 참고 살아야 좋은가?
그러다 큰 병(病) 들어 죽어야 하는가?

아픔을 겪다가 딸 셋 모두 시집보내고
재혼한 시인에게 나는 갈채를 보낸다.
딸 셋, 사위 셋이 들러리 섰다. 듬직하다.
100세 시대에 그 시인은 60대 신부로 행복해 보인다.
혼자 살 때는 여행도 못 가고 가난했는데…
지금은 부유해지고 더 아름다워졌다.
뜻밖의 교통사고로 남편을 하늘나라에 보낸 70대 여인
주름살도 없애고 더 젊어진 모습으로
인기가 더 좋아진 작가도 있다.

이혼한 시인이 싫다는 그 늙은 작가는
아내를 더 좋아하고 사랑해 주면 된다.
이혼 트라우마가 있는 여인을 앞에 두고
낄낄거리는 그런 작가가 과연 좋은 글을 발표할 수 있을까?
이런저런 운명을 안고 살아가는 사람들
그들은 배우로서 농익은 연기를 하고
작가로서 불후의 작품을 남기기도 한다.

인간사가 어찌 자기 좋은 대로만 엮어지겠는가?
불행한 사람에게 연민도, 공감도 못 느끼는 그 작가는
정말 여인들이 경멸할 타입이다. 그렇지 않을까?
불행을 겪어 슬픈 여류를 뒤에서
아무 말 없이 챙겨 주는 착한 신사도 있다.
그를 존경하는 사람이 많다.
그 누구나 그의 건강을 빌게 된다.
그런 남자는 성공한다.

가엾은 사람에게 공감도 연민도 못 느끼는
잔인한 사이코패스(psychopath)! 그런 남자, 여자는
배우로서도 작가로서도 성공할 수 없을 터다.
우리 모두는 모두 인생 무대에서 각자의 삶을 표현하는 배우이다.
우리 모두는 행복도 불행도 글에 녹여
아름다운 노래와 슬픈 노래도 작곡하는
작곡가이자 작가인 것을…
남의 뼈아픈 불행을 싫어하지 마시라.

그 불행이 언제 남의 아픔을 빈정대는 그대에게
회오리바람처럼 찾아갈지 그 누구도 모르는 것을…
가난한 사람에게 천 원 한 장 돕지 않고
이 모양 저 모양으로 불행에 신음하는
특히 연약한 여인을 희롱하지 마시라.

여자 배우나 여류 작가나, 그 누구나
비웃음을 당할 사람은 이 세상에 없고
낄낄대며 여인의 불행을 손가락질할 자격은
그 누구에게도 없다.
신이 용서하지 않는다.

어찌어찌하다 보니 열매가 여는 여름이다.
인생의 가을에 부끄럽지 않게
평생 공부하고 남을 위해 베풀고 위로하고
함께 늙어 가는, 익어 가는 아름다운 배우, 작가가 많아지기를!
그렇게 되리라 믿고 기도하는 여름이다.

그렇게 익어, 사람들이

'아유! 늙어서 더 멋져요! 상을 드려야겠어요.'

그런 찬사 듣고 싶지 않은가?

나는 그런 찬사를 듣고 싶다.

'잘 익어서 향기가 난다고…'

주름살을 없애고, 살을 빼고

그렇게 해서 받는 가벼운 찬사가 아닌

'늙어서 참 향기로워졌다!'는 상(賞)을 받고 싶다.

어떤 상보다 자랑스러운 상을…

꼭 받고 싶다.

죽은 나무에는 봄이 오지 않는다

아기 주먹만한 참새들이 풀 열매를 따먹으며
조잘조잘 수다가 한창인 오후였습니다.

'얘들아, 이 열매는, 씨앗은 무척 쓰다. 그렇지 않니?'
'글쎄, 시금털털하기도 하고 씁쓸하기도 하고 맛이 별로네.'

아기 주먹보다 더 작은 참새들은 보기만 해도 귀여웠습니다.
몰려다니며, 재잘거리며… 행복해 보이는 새들
그 애들은 꼭 떼지어 다닙니다.

'얘들아! 이제 입춘도 지났으니 곧 봄이 도착하겠지?'
'응, 아마도 봄 아가씨가 곧 도착할 거야.'
'저 남쪽에는 홍매화도 피고 흰 매화도 피고 있다잖아. 신문에
났더라구.'

참새 떼들은 다 봄을 기다려 왔습니다.
눈 덮인 들에는 먹을 것도 별로 없지만

회색빛이라 외로웠으니까요.
이제 파릇파릇 새싹이 돋고
꽃이 피고 아기 새들도 나타나고
볼 것을 많이 데리고 봄 아가씨는
우아하게 오고 있습니다.

'얘들아, 우리가 앉아서 쉬었다 가는 이 나무에도 봄이 올까?'
'글쎄… 도무지 올 것 같지 않아.
지난달 섣달에 돌아가신 할아버지 같아. 딱딱한 표정이었잖아.'

'우리가 볼에다 뽀뽀를 해도 차갑기만 했어.
자식들 다 도시로, 외국으로 보내고
할머니도 돌아가시고 혼자 사시다 떠나셨다지?
우리가 나락을 따먹는다고 소리소리 지르시고
허수아비도 세워 놓고, 참 구두쇠 영감이셨어.'

'저 아랫마을 할아버지는 손자들도 자주 찾아오고

할머니도 살아 계서서 행복하게 사시던데…

우리 먹을 것 꼭 남겨 두셨지.

"함께 살아야지. 이것도 먹어 봐라. 아이들이 사 온 고기란다."

이렇게 말씀하시며 우리를 참 사랑해 주셨어.'

'같이 살아야지! 생명이 있는 것들은 서로 나누며 살아야 해.'

'맞아, 큰 부자라고 소문났으면 뭐한다니?

구두쇠라 거지들에게 천 원 한 장 안 주고 쫓아 버리는데…

그런 사람들은 교회에 다녀도 나누는 것을 모르더라구. 쯧쯧.

항상 봄이 먼저 찾아가던데…

벌써 매화도 피고 씨앗들도 햇볕에 잘 말려 뿌릴 준비하던데…

그런데 저 구두쇠 할아버지 댁 오동나무는 죽었나 봐.

아무리 봐도 죽었나 봐.'

'저 나무에는 봄이 찾아가지 않을 거야.

새들도 다 쫓아 버리지, 거지들에게 천 원 한 장 주어 본 적 없지

맨날 아기라고 소리만 질러 대던 할아버지. 누가 묻어 주지?'

'글쎄 말이다. 우리 양촌리에 사는 새들 모두 모이라고 연락하자.'
'왜?'
'다 모여서 오동나무 밑에 쓰러진 할아버지를 묻어 드리자.
딸, 서울에서 돈 버는 딸 시집갈 때
가구 만들어 준다던 오동나무 밑에 묻어 드리자.
그러면 혹시 오동나무가 살아날지도 몰라. 안 그래?'
'그래! 그것 좋은 생각이다.'

'어느 날 목사님이 지나가다가 그러시더라.
이 나무는 죽었다고. 그래도 구두쇠 할아버지 묻어 드리면
나무에게도 봄이 찾아오고 새잎이 날지도 몰라.'
'그래! 그래! 짝짝짝 좋은 생각이다.
구두쇠로 돌아갔지만 그래도 자기가 사랑하던 나무에게
봄이 오도록 빌고 있을지도 몰라.'

회색 구름처럼 몰려온 작은 참새들이
그 조그만 입으로 땅을 파기 시작했습니다.

하루가 가고 이틀이 가고 일주일이 되어 일요일
깨끗한 옷을 입고, 따스한 옷을 입은
아이들과 어른들이 교회로 예배 드리러 가던 날
죽은 듯 서 있던 오동나무 아래에
할아버지, 겨우 163cm인 할아버지가 묻히고
예배당의 종소리가 울리고 찬송가 소리가 맑게 들리던 날
오동나무에게도 봄이 찾아오고 있었습니다.

연보라 꿈이 피는 오동나무
그 나무는 긴 잠에서 깨어나 기지개를 켰습니다.
죽은 나무에는 봄이 오지 않습니다.
그러나 온 동네 착한 참새들이 그 나무를 살려 냈습니다.
쌀 한 톨도 아까워하던 할아버지를
그 오동나무 밑 기름진 땅에 묻어 주라 봄이 왔습니다.
베풀며 사는 인생은
착하게 사는 인생은
늘 봄이 찾아옵니다.

작은 시골 교회에도 은혜가 넘치고
콩 한쪽도 나눠 먹는 이웃들은
봄이 오면 또 나무를 심을 것입니다.
맑은 공기로 바이러스도 물리치고
죽어 가는 생물도 살려 낼 것입니다.

친구여!

인디언들은, 친구란

내 슬픔을 대신 등에 지고 가는 사람이라고 했다.

그 무거운 슬픔을 친구는 나 대신 자기 등에 지고 가다니…

그래서 내 슬픔을 나눌 수 있는 존재, 한 명만 있어도

이 사막 같은 세상에서 오아시스를 찾아

타박타박 걸어갈 수 있다는 것이다.

코로나 팬데믹 시절에 그런 친구 하나 없이 어찌 살겠는가?

나에게도 죽마고우(竹馬故友)가 있어, 여고 시절

그 친구가 한 약속을 가끔 꺼내 곰곰 되씹어 보곤 한다.

공부보다 소설책을 더 좋아했던 친구!

'우리 할머니가 되어서도 친구로 살자!'

그 친구 말에 나는 웃기만 했었다.

그 친구는 마음 약한 나를

거친 친구들로부터 막아 주는 방파제였고

나는 그녀가 수업 시간에 몰래 소설책을 보다가 선생님께 들켜

빼앗긴 책을 교무실에 가서 찾아다 주는 역할을 했었다.

그러나 그 죽마고우와는 인생행로가 달라지기 시작했고

지금은 어쩌다 전화로
요즘의 생활을 듣곤 할 뿐인 존재가 되었다.
삶이란…?!
한 편의 드라마 같아서
그 친구는 나의 시야에서 많이 떨어져 있다.
그녀는 아들만 둘에 손자만 셋이고
생활은 어려워도 그녀가 더 행복해 보인다.
혼자 있는 시간에 가끔 생각날 뿐 일 년에 한 번이나 만날까?
아파서 매일 산에 가 산소통에서 치료 받았다는 착한 친구!

유치원을 33년 운영하면서 나는 참으로 많은 친구를 만났다.
원장님과 결혼하겠다는 어린 남자친구, 일곱 살이다.
유치원 선생님들, 그리고 학부모들, 강사들…
그저 흘러가는 구름 같은 인연도 있지만
지금까지도 서로 속내를 보이며
'삶'을 고상하게 다듬어 가는 깊은 인연도 있다.

나의 어머니는 스무 살에 낳은 맏딸인 나를 말년에 친구로 아셨다.

돌아가시던 날도 나를 찾으며 심정지가 와 하늘나라로 가셨다.

돌아가시던 날 밤에 어머니의 마지막 친구인

맏딸을 찾으셨다는 얘기를 듣고 눈물이 쏟아졌다.

어머니!

오 남매와 남편이 있어도 친구가 필요해

늘 외로우셨다는 어머니!

청소해 주는 아주머니 오는 날은

계단에 나와 앉으셔서 기다리셨다는 어머니이시다.

회한이 남는다. 매일 전화로 나누던 엄마와의 우정

조금은 평탄치 않았던 큰딸 생각하면 '피눈물'이 난다던 어머니!

165cm이던 키가 163cm로 줄고 몸매도 헝클어지고

주름이 잡혔어도 어머니의 친구인 첫째 딸을

'아가!'라고 부르시던 어머니는

늘 '품위를 지켜라! 지성미가 최고다.'라고 가르치셨다.

중학교 진학 때는 어머니께서 영어를 가르쳐 주셨고

요즘 은퇴 후에 일어를 배우러 간다고 하니

'내가 일어는 가르쳐 줄 수 있는데⋯'
하셨던 어머니! 요즘 일어 배웠어요.
오까상(엄마), 마따 아이미쇼(다시 만나요), 아이 시떼루(사랑합니다).

아나운서로 11년, 유치원 원장으로 33년 보내고 나니
나의 가장 '절친'은 그 누구도 아닌 구십을 넘기신 어머니였다.
노래방에 가고 싶다!고 하셨는데
엄마는 가슴에 남아 있는 못다 부른 노래를 연습하셨는데⋯
모시고 못 갔고, '야영'을 하고 싶다! 하셨는데 그것도 못해 드렸다.
못해 드린 것만 가슴에 꽉 찼다.
'좋은 친구가 되어야지! 내 딸에게' 하면서도⋯
많은 사람에게 신경 써야 하는 오지랖 때문에
아니 세대 차이 그 간극 때문에
때때로 나는 비평만 하는 친구로 남는다.
이 사회적 거리두기 시대에 우리는 카톡으로 대화하며
'외로움'이라는 다리를 건너간다.

요즘의 내 친구는 조카딸들이다.

그중에 소연이라는 조카딸이 가장 좋은 베스트 프렌드이다.

재색을 겸비한 40대 절친인 그 친구가 날 챙긴다.

'이모! 백신 꼭 맞으세요!'

그 친구가 있어 덜 외롭다.

그 친구도 딸 하나만 키워서 '외동딸 연대'를 맺고 있으며

삶을 더 겪은 이모인 내가

외로움의 백신은 친구밖에 없다고 코칭을 한다.

코로나가 종식되긴 어렵다니 우리는

글로, 전화로 징검다리를 놓고 친구에게 간다.

좋은 친구 한 명만 있어도 '외로움'은 반으로 준다.

확실한 사실이고, 진실이다.

이 시대의 상류(上流)

'멋지다!'는 칭찬은 우리 집 강아지 햇살이도 좋아하는 말이다.
'아이고 예쁘다! 멋지다!' 칭찬하면 그 예쁜 눈이 더 반짝인다.
사람들은 그 어떤 찬사보다도 멋진 사람으로 인정받기를 원한다.
나 또한 그렇다. 그런데…
상류라는 말을 들으면 왠지 가슴이 답답해진다.
'이 시인은 상류예요!' 이런 말을 무척 드물게 듣는데…
아닌데… 나는 중류(中流)인데…
안 맞는 옷을 입은 듯 어색하기만 하다.
왜냐하면, 살면서 상류층과도 교류하고
검소하게 그렇게 살아왔지만
본받고 싶은 상류는 역사 속에서나 발견했기에
상류가 '위에서 흐르는 물'로만 해석되고
때로는 기품과 품위가 고상하고 빼어나서
나도 저런 모습으로 늙어 가야겠구나.
전설처럼 회자되는 경주 최부자처럼
가난한 사람을 도우며 살아야겠구나.
쌀독을 열어 놓고 퍼 가라고는 못해도

찾아가는 쌀독이 되고 싶다는 그런 생각을 늘 하고 산다.
백화점이 새로 세워졌어도 일 년이나 지난 후에나
들여다보는 게으른 아나로그이기에
상류라는 말이 나에게는 어울리지 않는다고 믿는다.

상류란…
학식과 덕망(德望)이 빼어나고
이웃을 배려하는 마음이 두텁고
검소하지만 재물을 쌓아 두고 살려 하지 않는다.
상류층과 고소득층은 분명 다르다.
백과사전을 보면 현대사회의 상류는 부와 권력, 위신 등
가치 서열에서 상위에 위치하는 사회적 특권 집단이다.
대자본가, 경영자, 고급관리, 의사, 교수, 정치인, 각료 등
지체가 높은 층을 뜻한다. 그러나
부와 권력을 갖고 갑질을 자주 저지르고
학력이 낮은 사람을 멸시하고
지체가 낮은 사람을 무시하는 사람을 상류라 할 수 없다.

작은 차를 타면 무시하고, 외제차를 타면 선망하는 이 시대
도덕적으로 바닥인 사람이 권력 있다 해서
거만과 위선의 가면을 쓴 층(層)을 상류라 부를 수 있을까?
없다. 바른말을 하고, 약속을 잘 지키며
자기 자신보다 남의 처지를 살펴 주는
아름다운 사람이 사회적으로 낮은 집단에 속한다 해도
'그'를 하류(下流)라 불러서도 안 되고
돈만 많고 자기만 안다는 사람을 직업이
지체가 높다 해서 '그녀'를 상류라 불러서도 안 된다.
이 시대의 상류는…
지구의 온난화를 생각하고
비닐 한 봉지, 플라스틱 한 개도 쓰지 않으려 하고
나만 잘 사는 게 아니라 함께 잘 살려 하는 사람
동네에 뒹구는 쓰레기 줍고 다니며
'아름다운 마음'을 '아름다운 손'으로 가꾸려는 사람이 아닐까?

어느 날 모조 명품 가방을 든 나를 보고

딸아이가 화들짝 놀란다.

'아이고! 창피하게. 이런 짝퉁을 들고 상류로 행세하세요? 네?'

나는 상류 행세한 적 없어요.

그냥 내 분위기에 맞아서 들었을 뿐이에요.

명품 백에, 스카프에 들고, 두르고 있어도 학력 운운하며

인사도 계산하는 속물은 아니니 놀라지 마시어요.

나는 당당하다. 살면서 부끄러움이 쌓이지만

값싼 옷, 장신구를 지녔다고 부끄러운 적은 없었다.

남을 이해 못했을 때, 더 많이 베풀지 못했을 때

터무니없이 오른 집값을 보고 놀라며

그런 집을 못 산 처지를 비탄할 때 부끄럽고, 서글플 뿐이다.

더 많이 사랑하고 더 건강한 사회를, 마을을 위해

더 힘쓰지 못하고 잘난 줄 알고 살아온 나에게

'이 시인은 상류에요! 상류.'라고 얘기하시는

선배 앞에서 부끄러울 뿐이다.

부끄러움을 모르는 인간들

무엇을 쫓아가고, 좇아가는가?

자기가 서울 K구에 살고 있으니 상류라고 스스로 말하는

그런 모조 짝퉁 상류가 가여울 뿐이다.

윗물은 더러워도 아랫물은 정화되어 흘러간다.

부끄러움을 알아야 진정 상류가 될 수 있지 않을까?

봄이 떠나간 자리에서 편지 한 통 못 받고

스마트폰으로 메시지만 오고 가는 내 처지가 부끄럽다.

덕(德)이 두터운 덕후(德厚)!

권력가나 재력가나 고학력자보다

덕후가 많은 사회가 상류사회일 것이다.

올 것은 오고 갈 것은 간다

달려가다가, 앞만 보고 달려가다가
영혼을 날려 보내고 달려온 것은 아닌가
뒤돌아본다는 인디언처럼 우리도 앞만 보고 걸어왔는데…
무언가 허전해서 뒤돌아볼 때가 있다.
무언가 얻기 위하여
어느 지점에 도착하기 위하여
바삐 서두르며 왔는데…
허전하고, 허기가 져 가슴이 먹먹해질 때가 있다.
나를 있는 그대로 사랑하던 사람들…
부모님의 사랑과 첫사랑, 소녀 시절의 은사님들, 친구들
그들이 홀연히 떠나시고 이 지상에 연락처가 없어졌을 때
참다운 인식(認識)은 온다.
그분들의 사랑이 참사랑이었음을 깨닫고
무시로 눈물을 흘리고 불러 본다.

어머니! 선생님!
그리고 그 순수했던 사랑이여!

아무리 둘러보아도 대답은 없고
허공에 흩어지는 내 삶의 흔적만 선명하게 보인다.
목소리도, 모습도 들을 수도 볼 수도 없다.

참다운 의식은 잃어버린 후에야 온다던가?
자연은 말 없이도 우리의 지친 영혼과 육신을 달래 주고
치유해 주고 세상에서 낙오되지 않도록 달래 주기만 했는데
우리는 얼마나 그 자연을 자연스럽게 홀대하고
때로는 버리고, 때로는 학대했던가!
한 그루 나무가 꽃도, 열매도, 그늘도, 그루터기도
다 아낌없이 주기만 하는데
어떤 사람들은 그 나무가 그늘지게 한다고
새들이 모이게 해서 시끄럽다고 베어 버리고
그 나무에서 새싹이 나오지 못하게
까만 비닐을 덮어 죽여 버린다.
바다로 흘러온 숱한 쓰레기들은 흡사 섬 같다.
쓰레기 섬!

부모 사랑을 배신한 불효(不孝)의 쓰레기도

부모 가슴에 쌓여 한이 되어 돌아가시는 경우도 없지 않을 텐데…

쓰고, 버리고, 사랑하고 버리고…

버리는 사람이 많지만 끌어안고 토닥 다독여

새로운 사랑을 안겨 주는 사람도 많지 않던가.

자연(自然)을 함부로 대한 죄(罪)? 대가?

그 보상으로 우리는 기후변화에 허둥대고 있다.

남쪽 섬에서만 자라던 과일을 북쪽에서도 재배할 수 있는

반대의 현상도 있다니 우리는 기후변화에 결코 무심할 수가 없다.

올 것은 오고, 갈 것은 가는 자연의 운명(運命)처럼

우리 인간은 운명을 나이가 들어갈수록 체감(體感)한다.

무슨 운명? 하던 사람도 늙수그레해지면서

아, 그렇구나!

그와의 만남은 운명이었구나!

숙명(宿命)이었구나!

고개를 끄덕이며 순후해진다.

함부로 남을 험담해서도 안 되고
돌부리를 발로 차서도 안 된다는 것을
알게 되어야 철이 든 것이다.
남을 자기보다 못하다 폄하했는데 어느 날 보니
자기와는 비교할 수 없는 정신적 귀족이고
돌을 발로 찼더니 그 돌이 내게로 날아와
가슴을 치는 것이 인생인 것을 깨닫기도 한다.
살면서 입은 상처들
그 상처(트라우마)도 내 인격(人格)이 달라지면 떠나간다.
용서하면 그 가슴 아픈 상처가 슬그머니 떠나간다.
그리고 올 것이 온다, 강 같은 평화와 사랑이…
다시는 보고 싶지 않던 사람도 볼 수 있어진다.
얼어 버린 수도를 녹이면서 깨닫는 것이 있었다.
이토록 얼어 버린 것은 수도꼭지를 꼭꼭 잠근 탓이었음을…
조금은 물이 흐르도록 열어 두어야 했음을 깨달으며
사람과의 관계도 너무나 꼭꼭 여미고 단속하면 얼어 버리고
그것을 그 관계를 풀려면

힘이 무척 많이 필요하다는 것을 깨닫는다.
그리고 달력을 보며 어서 떠나기를 빌던 코로나도
떠날 날이 있으리라 빌고 있다.

자연이라는 위대한 스승을
함부로 대했던 생활이 부끄럽고 후회되면서
떠나신 어머니, 그리고 사랑, 우정, 우애를 불러 보지만
이 지상(地上)을 떠난 그 존재들은 대답이 없다.
운명처럼 다시 만난 사랑을 키우며
인품(人品)을 향기롭게 다듬는 사람들!
그들은 마치 하~얀 소처럼 조용하다.
올 것은 오지 말라 해도 올 수밖에 없고
갈 것은 가지 말라 해도 간다.
세월이 그렇고, 운명이 그러하다.
깨닫기까지 오래 걸린다.

아버지의 겨울

코로나19 이후로의 시간들은
공포로 빼앗긴 느낌이 드는 겨울이 왔다.
여름은 유난히 길었는데 짧은 가을은
어느새 겨울에게 자리를 내어 주고 떠났다.
푸르던 잎사귀가 노랗고, 빨갛게, 갈색으로 물들고
열병 코로나에 지친 마음 위로하더니…
그것도 잠시 겨울이 오고 세밑이 다가오고…
2020년은 모든 지구상의 인간들에게 빼앗긴 한 해였다.
빼앗긴 것이 시간뿐이던가?
관계도, 우정과 사랑도, 변형되었고
뉴노멀로 생활습관도 지난해와 사뭇 다르게 굳어 간다.
나이 든 70대 이상의 사람들은 고위험군에 속해
외출도 거의 못하고 집에서 창으로 내다보기만 한다.
지나가는 봄도 여름도 가을도 창으로 내다보며
지난 세월을 추억하는 경우가 많다.
어린 나이에 결혼하시고 첫아이인 첫딸 나를 낳으신 부모님
내 부모님은 중학교(5년제)에 다니시며 아버지가 되셨고

어머니는 고녀를 졸업하자마자 결혼

지금의 아들, 딸로 부족함이 없이 자란 풋풋한 나이에

눈이 유난히 까맣던 첫딸을 낳으셨으니…

지금 생각하면 내가 죄송스럽기만 하다.

세상살이란 모르던 남녀가 아이를 낳고 얼마나 착잡하셨을까?

기쁘지만 않고 답답하셨을 것 같다.

첫딸, 그 딸은 이제 70을 넘어가고 있는데

어머니는 봄날처럼 93세에 곱게 가시고

친구 같다던 딸은 이제야 어머니의 아픔과 기쁨을 헤아리는데

혼자 남으신 아버지는 이 겨울 유난히 외로움을 타신다.

아버지는 큰딸이 대학시험을 보러 갈 때도 함께 가셨다.

그런 아버지가 또 계실까? 과묵하게 평생 공무원 생활로

퇴임식에서는 훈장을 주렁주렁 달고

도청에서 한 획을 그으며 집으로 돌아오셨는데…

딸 넷, 아들 하나 오 남매 대학교육 다 시킨 것을

가장 큰 훈장으로 여기신다.

어머니께서 심정지로 조용히 천국으로 이사하시고 7개월

아버지는 외로워 아기같이 우신 때도 있고

하루라도 자식들 전화가 없으면 큰 걱정이시다.

'늙으면 아기처럼 된다!'더니 아버지는

옛날의 그 젠틀한 신사가 아니라 소녀, 소년 같으시다.

60대 아들이 서울에서 은퇴하고 내려와

꽃 이름(목련) 아파트 아버지 집으로 들어와

식사며 병원이며 다 챙기고 있다.

딸들도 다 늙었고 넷째인 아들도 많이 늙었다.

큰딸인 나는 아버지가 무뚝뚝하셔도

자식 사랑이 큰 분이라는 것을 어떤 자식보다 잘 알고 있다.

미남, 미녀가 만나 74년을 함께 사시며 엮어 온 희로애락!

무지개도 있었고 태풍도 있었다. 그중에

아들 낳아 동네가 요란하던 그날도 큰딸은 생생하게 기억한다.

동화를 좋아하던 아홉 살 소녀였던 내게 동네 사람들이 몰려와

"얘! 정말 아들이냐? 네가 봤냐?"

"응? 네!"

"아이구! 다행이다."

박수치며 함께 기뻐하던 동네 사람들

이제 그분들은 어디에도 안 계신다.

유난히 기대가 컸던 큰딸 결혼식 전야 크리스마스이브에

온 가족이 함께 울었다.

아버지께서 울기 시작하셨다.

그만큼 부모님은 큰딸 결혼을 아파하셨는데…

어머니께서 건강하게 사시다가 인사 한마디 없이 떠나시고

4월부터의 아버지는 아들이 다 수발을 들고 있다.

식사며, 병원 출입이며 하물며 신발도 신겨 드린다.

"아버지! 아버지께서 제게 하셨듯

저도 지금 그런 마음으로 하고 있어요."

70을 향해 가는 사진작가인 아들은

늘 아버지의 모습을 카메라에 담는다.

공원에 앉아서 아이들과 얘기하시는 아버지의 모습

해바라기하시는 모습

모두 모두 가슴에 담고, 카메라에 담는다.

아버지! 아버지라는 이름으로 얼마나 많이 외로우셨을까요?

어머니께서 큰딸을 친구처럼 여기며 전화 통화를 오래하시면

늘 "빨리 끊어요!"라며 훼방 놓으시더니 이제는

아버지가 딸들과 소소한 얘기꽃 피우고 싶어 하신다.

'참다운 인식은 잃어버린 후에야 온다던가?'

아버지께서도 어머니의 빈자리가 안타깝기만 하시다.

더 사랑할 것을… 잘 어울리는 두 분이셨는데…

오늘도 아버지는 기다리신다.

총명하고 영특한 서구적 미모의 둘째딸

남편 따라 아프리카로 봉사하러 간 착한 셋째딸

환갑이지만 아직 귀엽기만 한 똑똑한 멋쟁이 막내딸

유난히 눈물 많은 큰딸

그리고 3명의 손자, 8명의 손녀들

아버지의 작품은 그런대로 모두 수작이다.

"아버지!"

이 겨울이 유난히도 추우실 텐데 걱정입니다.

효녀 심청이는 아니지만 아들이 효자이니

딸들도 그 아들의 마음 따라

아버지를 존경하고, 공경하고, 사랑하겠습니다.

아버지의 이 겨울이 유난히 따스하도록! 말입니다.

아버지! 사랑합니다. 존경합니다.

아름다운 의사(醫師)들

아름답다고 하는 말은
팔을 벌려 한아름 된다는 뜻이라고 한다.
예쁜 모습이 한아름 되는 아름다움
'아름다우세요!' 이 한마디면
모든 분노, 오해가 풀릴 수 있음을 경험하곤 한다.
아름다움은 가슴 가득 향기로 차오르고
음악으로 날아오른다.
예쁜 사람은 많지만…
아름다운 사람은 그리 많지 않다.
질시와 폄훼로 들끓는 세상
도무지 용서가 안 될 사람을 용서하고도
보답을, 찬사를 바라지 않는 인품
어려움을 겪는 사람을 위해 달려가는 의인(義人)들
평생 모아 온 돈을 장학금으로 쾌척하는 할머니
외로운 사람 등 쓸어 주며 함께 이 힘든 세상 걸어가는 사람들
남은 천으로 마스크를 만들어 어려운 이웃에게 나눠 주며
수줍게 웃는 옷수선 집 여인

꽃보다 더 아름다운 사람을 가끔 만난다.

그네들을 보면 눈물이 가슴에 고이고
하늘을 보며 감사의 기도를 하게 된다.
자기 통장과 지갑은 텅 비어 있음에도
약자를 위해 마음을 바치는 사람들
몹시 외롭고, 분노를 느끼는 날
얇은 지갑을 열고 꽃을 산다.
연분홍 장미 한 다발을
암 수술한 친구에게 보내면서
행복을 느끼는 그 친구가 아름답고 향기롭다.
많은 관계 속에서, 얽히고설킨 인연 속에서
보석상에 가지 않아도 가끔 보석 같은 사람을 만난다.

다리가 아파 병원에 갔을 때
따스한 손으로 아픈 다리를 만지는 순간
바로 낫는 느낌을 주시던 의사!

그분은 다치거나 어긋난 뼈를 바로잡아
고쳐 주는 정형외과 의사다.
조용히 미소를 지으며 환자의 공포를 어루만져 주는 의사!
그는 심의(心醫)이면서 빼어난 휴머니스트이며
그리고 멋진 문학인이다.
시(詩) 100편을 외운다는 그 의사!
그 의사는 내가 제일로 꼽는 아름다운 의사라고 생각한다.

그리고 내가 사는 집 가까이에 있는 젊은 한의사!
4대째 한의사 집안의 그는 아버지와 함께 출근한다.
D대학 교수였던 아버지는 의원 2층에서 약을 조제하고
아들은 1층에서 환자를 진료한다.
그 의원은 작지만 청결하다.
간호사들은 착하고 순박하여 사랑스럽다.
신뢰할 수 있는 젊은 한의사!
나는 그에게서 아름다움을 본다.
아름다운 의사에게 가면

내 소소한 증상들은 조용히 사라지고
돌아오는 길에 감사가 저절로 나온다.

얼마나 많은 사람들이 마스크를 쓰고 말을 아끼며
손을 씻으며, 사람과의 거리를 두려워하며
조심조심 살아가는가.
그동안 얼마나 많은 이들이 입만 열면
남을 헐뜯고 비난했는가?
괜스레 가까이 다가가 껴안으며 위선적 사랑을 보냈는가?
우리는 이제 코로나라는 바이러스에 의해
새로운 생활 규범을 짜야 한다.
그런 생활 속에서 여기저기 아픔을 호소하는 사람들이 있다.
내 주치의 K원장은 20여 년 내 가족처럼 건강을 바로잡아 준다.
도심에 살면서 산이 가까이 있는 족(足)함을 아는 동네
지족동(知足洞)으로 출근하는 매일 아침이
참으로 행복하다고 한다.
그는 늘 웃으며 환자를 대한다.

그에게 가서 웃고 나오면
환자들 증상은 살그머니 사라지고
또 새로운 삶에 힘을 모은다.

늘 아픈 사람들을 마스크 쓰고 진료하는 의사들
간호사들, 119구급대원들…
세상이 모두 마스크로 입을 가리고 있지만
지난 1월부터 횡포가 심한 코로나 바이러스를 이길 수 있도록
이렇게 저렇게 애쓰는 의료진들이
아름답게 느껴지는 초가을이다.
'고맙다!'고 그들에게 소리쳐 고백한다.
의사들은 약으로 고치는 의사보다
마음으로 고치는 의사가 명의라 한다.
그중 환자에게 시(詩) 한 편 주는 의사가
가장 아름답다고 생각한다며
어떤 시인이 말한다. 그럴까?
로키산맥에 있는 수목 한계선에서

눈보라를 맞으며 살아 낸 '무릎 꿇은 나무'
그 나무로 만든 바이올린이
가장 아름다운 선율을 낸다고 한다.
환자들을 위해 무릎 꿇은 의사와 의료진 모두가
가장 아름다운 선율을 들려주는 명품 바이올린과 같다.

그렇게 심신이 지친 초가을이다.
봄이 오는 줄도 몰랐는데
코로나를 피해 다니다 보니 어느새 가을이 왔다.
코로나가 우리에게 던지는 메시지를 잘 보고
듣고 기록해야 하는 시절을 기적처럼 살아 내고 있다.
눈보라에도 견디는 나무처럼
비바람에도 눕고 일어나며 견디는
풀처럼, 잡초처럼 견디며 살아 내야 한다.

3부

원장님을 기다리는 타라

이지윤 원장님 방 앞에서 아침 7시부터 기다리고 있는 〈타라〉라는 예쁜 고양이.
원장님이 오시면 참치 통조림을 아침 식사로 먹고 어디론가 떠나던 타라.
40여 년을 그 자리에 유치원 건물은 있지만… 타라도 어디론가 떠나가고
원장님의 마음은 늘 그 자리에 가 있습니다.

나도 그 누군가에게 선물이고 싶다

남편은 시계를 팔아
아내의 아름다운 머리카락을 빗질해 줄 빗을 사고
아내는 긴 머리카락을 잘라 팔아
남편의 손목에 채워질 시곗줄을 산다는
슬픈 단편이 있습니다.
우리는 선물을 주고받으며 '관계'를
더 아름답고, 견고하게 해 나갑니다.
때때로 아내에게 꽃을 선물하고
때때로 남편에게 맛있는 특별요리를 선물하고…
선물 없는 인생이란 삭막하겠지요?
아이들은 산타할아버지가
착한 어린이에게 선물을 갖고 오신다는 것을
대부분 믿는 듯합니다.
어떤 아이는 엄마, 아빠가 산타라 하고…
서로 사랑의 선물을 주고받는 성탄절이 되었으면 합니다.
어려운 사람에게, 내 동료, 부모, 형제에게 우리는
선물 같은 존재가 되어야겠습니다.

신뢰를 저버리는 사람이 아니라
나를 믿어 준 사람을 위해 뒤돌아보고
혹여 약속을 어기지 않았나
성찰하는 시간이 필요한 연말입니다.
뮤지컬 한 편, 영화 한 편이라도 보면서
그동안 섭섭했던 일, 억울한 일, 복잡한 일 잊어버리시고
새로운 꿈을 꿔 봐야겠습니다.
늙었어도 새 꿈이 있는 사람은 젊은 사람이고
젊어도 꿈을 잃은 사람은 늙은 사람입니다.
그 누구에겐가 선물이 되어 보시기 바랍니다.

글로벌 시대를 살아가려면…

20년 전 호주 가는 비행기에
일본 초등학교 아이들이
시드니로 수학여행을 가려고
가득 타고 있었습니다.

어쩌면!
놀라워했는데 이제 우리나라에서도
외국을 다반사로 드나듭니다.
어느 유치원에서는 외국으로 졸업여행을 다녀왔다고 합니다.
그러려면 영어를 잘해야 할 것입니다.
영어, 그 영어를 잘하기 위해 우리는
어마어마한 사교육비를 쏟아붓고 있는 현실입니다.
LAD(언어를 습득하는 능력)가 13세 이전까지 왕성하기에
모국어도 제대로 구사 못하는 아이들에게
영어를 가르치려 우리는 안간힘을 씁니다.
100만 원이 넘는 영어유치원에 보내 놓고(3년 동안)
나중에 아이 영어 실력이 별로 늘지 않았다며

후회하는 젊고 똑똑한 엄마도 봤습니다.

영어에 왕도(王道), 지름길은 없습니다.
그저 많이 들려주고
잘 제작된 비디오 테이프를 틀어 주는 것
그것이 검증되지 않은 원어민 영어보다 낫다고 합니다.
모든 것을 유치원이나 학원에 위탁하지 마시고
집에서 꼭 해 주실 일은
꼭 아침밥을 먹여 주실 것(선식이나 사과라도)
저녁밥은 될 수 있으면 아이들과 둘러앉아 함께 드실 것
이때 아이들의 어휘 수(數)가 많아집니다.
아이의 말만 듣고 교사나 원을 오해하지 마실 것
너그러운 마음으로 유치원을 바라봐 주실 것

개나리가 피고 있습니다.
꺾어 심어도 굳굳하게 살아가는
개나리의 강인함을 배워야겠습니다.

운명의 집

태어나 살면서…
지상 위에 집 네 채를 지었다.
아이가 뛰어놀 마당이 있는 집
뜰이 넓어 새들이 날아오고, 고양이들이 찾아와
함께 놀다 가는 유아들의 학교 유치원
꽃들이 노래하는 곳, 그리고 아이들에게 시골 체험을 시키며
자연학습을 하기 위해 지은 자연학습원
그곳에는 구들을 놓아 온돌에서 잘 수 있게 지었다.
반딧불이를 도깨비불이라며
청개구리를 쫓아다니며 마음껏 뛰놀던 자연학습원
그곳을 '작은 도서관'으로 바꾸고
전원에서 살기 위하여 하얀 집을 시골에 지었다.
네 채 모두 아름다운 건축으로 소개되었으니 미학의 덕분인가
아니면 건축가를 잘 만났던 것인가?
그들을 작품으로 여기며 33년을 함께한 지상의 집
어느 날 원로 목사님의 설교 중에…
'신호등에 지은 새집' 이야기가 가슴을 울렸다.
새들이 열심히 신호등에 집을 짓고 있었는데…

일주일 뒤 그곳을 지나다 보니 새집은 이미 철거되고
신호등은 도로의 안전을 위해
이런 불빛 저런 불빛으로 신호를 보내고 있었다고 했다.
사람의 안전이 우선이지
새들은 나무에 집을 지으면 되는 것이기에
가슴 아파하는 사람은 없었다고.

새들이 행복해했을 그 신호등 위의 집
새들은 머리가 나쁘다더니…
나라면 신호등을 옆에 하나 더 세워서라도
철거하지는 않았을 터다.
저녁이 되면 숲속 새들은 서로 부른다.
어서 와서 잠자리에 들라고.
나는 이제 내 운명의 집을 어떻게 지을 것인가? 돌아본다.
운명도 바꿀 수 있다고 하지만…
나는 내 이상(理想)을 키워 온 운명의 집은
과연 어떤 평가를 받을까? 궁금하다.
아니 내 스스로 그 집에 갇혀

운명은 어쩔 수 없다고 그 누군가가 허물고
새로운 운명의 집을 지어 주길 바란 적은 없었을까?
모래 위에 집을 지은 것은 아니고
그렇다고 반석 위에 지은 운명의 집도 아닌 듯하다.
소박하고, 허황됨이 없고
조촐한 색깔과 단순함과 절제로 다가오는 집
그 집에서 새로운 신앙의 집도 짓고, 은혜의 집도 짓는다.
아름다운 집, 살아 있는 돌(living stone)로 지은 은혜의 집
내 영혼의 집은 은혜의 집이라 명명할 것이다.
쉽게 허물어지지 않는 감사의 집!
감사의 돌로 쌓은 내 운명의 집!
그 운명의 집은 그 누구도 허물 수 없다.
용서라는 돌과 온유라는 돌과 이해라는 돌을
켜켜이 쌓아 지은 집!
나는 이제 오롯이 내가 지나온
세월의 무게만큼 중후하고 겸손한
그 누가 봐도 아름답고, 고아(古雅)한
운명의 집을 완성할 것이다.

마라스무스

'마라스무스'란 르네스피츠 박사가 발견한
접촉결핍증을 말합니다.
길거리에 버려진 아기들을 돌보는 국립병원 의사였던
스피츠 박사는 이 아이들을 위생적인 환경에서
충분한 음식을 주면서 양육했는데도
유아사망률이 높다는 것에 이해할 수 없었습니다.

그런데 그 르네스피츠 박사가 멕시코로 휴양을 갔을 때
휴양지 근교의 고아원에서
예기치 않은 발견을 하게 되었습니다.
영양도 별로 좋지 않고, 환경도 비위생적이었는데도
아이들이 밝고, 건강하게 자라고 있었으니까요.

휴양도 잊어버리고 몇 달 동안 그곳에 머물면서
이유를 밝혀내려고 애쓴 결과…
이웃 여자들이 매일 찾아와 안아 주고
흔들의자에 앉혀 놓고 이야기도 들려주고

노래도 불러 준다는 것을 알아냈습니다.

그 박사는 보고서에서
'접촉을 가진 아이는 건강하게 자란다.
그러나 피부의 접촉 없이 자란 아이들은 점점 약해졌고
접촉결핍증 때문에 세포들이 죽어 갔다.'고 결론을 내립니다.

사랑한다고 말할 때, 미안하다고 말할 때에도
꼭 안아 주거나 손을 잡고 얘기하세요.
더워서 껴안는 것도 귀찮다구요?
가족 모두 서로 안아 주고 손잡아 주면서
사랑한다고 말하세요.
남편에게도, 시어머니에게도, 아이들에게도…
'신체적 접촉'이 시대 보약입니다.

웃음이란…

요즘 뮤직 세라피(music therapy), 미술치료
춤치료, 아로마 세라피, 웃음치료 등
많은 치료법이 나오고 있습니다.
그중에 웃음치료는
그냥 웃기만 해도 면역력이 증강되고
균이 죽는다는 소릴 들으면
'웃음'이 최고의 보약 같습니다.
아기 때는 하루에 몇 백 번을 웃는다는데
어른들은 잘 웃지 않습니다.
웃음은 마음에 드리워진 거미줄을 걷어 내 줍니다.
행복해서 웃는 것이 아니라
웃기에 행복해진다는 것입니다.

그런데…
잘 안 웃는 민족이 한국인이어서
외국인들이 보면 무섭다고들 합니다.
표정이 굳어 있다는 것이지요.

외국인들 특히 선진국 사람들은
마주치기만 해도 싱긋 웃어 줍니다.
기분이 좋아지지요.
그러나…
아무때나 때와 장소를 가리지 않고 웃다가는
오해를 사기도 합니다.
슬픈 일을 놓고 거리에서 인터뷰를 하는데
웃으며 말하는 여성은 상식이 없어 보입니다.
좋은 일로 말할 때도 찡그리며 말하면 어색합니다.
여과되지 않은 말을 주저리주저리 늘어놓으면
품격이 떨어지듯이 안 웃어야 할 때도 웃으면
싸움의 불씨가 될 수도 있습니다.

표정도 풍부해야 하고
언어도 골라 써야 하고
사는 것이 어렵습니다.
그러나 '웃는 얼굴에 침 못 뱉는다.'는 속담처럼

아이들처럼 생글생글 웃는 사람이 많을 때
힘을 실어 주는 말을 잘 건넬 때
우리 가정, 사회는 더 건강해지리라 믿습니다.
웃음이란 마음에 쳐진 거미줄을 걷어 내는
빗자루와 같습니다.

웃음의 종류는
미소(微笑), 홍소(哄笑), 조소(嘲笑), 폭소(爆笑), 대소(大笑)
박장대소(拍掌大笑), 함소(含笑), 고소(苦笑), 냉소(冷笑)
실소(失笑), 학소(謔笑), 포복절도(抱腹絶倒), 염화시중의 미소…
그중에 제일 으뜸은 미소(微笑)일 듯합니다.

암탉을 키우며

강아지를 좋아하지만
참새도 귀엽고, 닭과 오리도 귀엽습니다.
뒤뚱거리며 걷는 오리는
얼마나 귀여운지!
알을 낳았다며 꼬꼬댁거리는
암탉은 또 얼마나 고마운지!
그런데 닭장 문을 열고
물과 모이를 줄 때마다 좀 무섭습니다.
콕, 콕 쪼아 댈 때가 있으니까 말입니다.
그것도 저 혼자 주말을 보내고
사람을 볼 때 나타나는 월요병인가 싶기도 합니다만은
그 닭은 수탉과 살 때도
자기 배우자를 수시로 쪼아 대곤 했습니다.

암탉보다 작고 왜소한
남자 닭은 늘 노심초사하며
물을 먹고, 모이를 먹었습니다.
암탉이 너무나 쪼아 대니 얼마나 아팠을지…

암탉은 혼자도 잘 지냅니다.
그래도 가엾어 보입니다.
그러다가도 그 녀석과 함께 살았던
남편 닭은 지금 어디 있을까?
걱정도 됩니다.
함께 있을 때 다정하게
물도, 모이도 나누며
잘 살지 쯧쯧 혀를 찹니다.

강아지 IQ는 60 정도 된다는데
닭은 얼마나 되는지 모릅니다.
다만 머리가 좀 나쁜가 보다 라고
고개를 주억거립니다.

곁에 있을 때
서로 잘하는 부부가
아름답다 생각합니다.

인연(因緣)에 대하여…

5월 21일은 석탄일이자 부부의 날
그리고 절기로는 소만입니다.
석탄일은 부처님 오신날이고
소만은 입하와 망종 사이에 들어 있는 절기로
여름 기운이 조금씩 차오른다는 뜻입니다.

불교 신자는 아니지만 어느 스님이 쓰신 시(詩)
'성냄도 욕심도 내려놓고
바람처럼, 구름처럼 살다 가라 하네'
하는 시구절을 알고 있습니다.
성냄을, 욕심을 내려놓기가
어디 쉽던가요?
그러나 모든 사람들과의 인연
어떤 물체와의 인연에 너무
묶여 있어도 삶이 고통스러울 것 같습니다.

부모 자식 간의 인연도 생각해 봅니다.
신이 도처(곳곳에)에 계실 수 없어

어머니를 만들었다고 합니다.

영국문화원에서 영어를 쓰지 않는
102개국 9만여 명의 남녀를 대상으로
가장 아름답다고 생각하는
단어가 무엇이냐고 물었더니
1위는 mother, 2위는 열정(passion)
3, 4위는 smile, love
아버지라는 단어는 72위 안에도 못 든다는
기사를 읽고 참 쓸쓸했습니다.

가족이란 영어단어가 family
father and mother I love you라던가요?
엄마, 아빠 자식의 역할을 잘해서
직장인은 그 뿌리 내린 곳에서
꽃을 피워 서로서로 아름다운
인연이 되기를 빌어 봅니다.

연(蓮)에게서 배운다

연못에 백련이 가득 핀 곳을 지나다 보면
아! 나도 연못에 연을 키우고 싶다는 탄성이 흘러나옵니다.
늦가을이 되면 시름시름 하다가 죽은 듯 겨울잠에 들어가는 연
담요로 덮어 주었더니 올여름 그 따스함에 응답하듯
넌출넌출 많이도 피었습니다.

고맙다!
돌봐 주어도 보답하지 않는 인간들이 얼마나 많더냐?
너는 그래도 이렇게 보답하는구나.

사랑스럽습니다.
화원에 가면 진흙을 팝니다.
그것으로 뿌리 부분을 싸 주어야 삽니다.
진흙 속에서, 시궁창 냄새나는 곳에서
그 우아한 모습으로 피어나는 연

연을 사랑하지 않는 사람을 못 보았습니다.

연꽃 닮은 사람은 보았습니다.
시궁창 같은 환경에서도
고아(古雅)하게 자기 꽃을 피우는 사람
그런 아름다운 사람이 그리운 연꽃 피는 계절입니다.

쑥쑥 자랍니다.
모도, 피도, 풀도
무시무시한 생명력으로 자라고 있는 7월입니다.
연에게서 새삼 배웁니다.
환경 탓만 하는 것은 무능하고, 게으른 사람이라고…
연꽃 같은 사람이 어디 흔하던가요?
그래서 이 더운 날
사람들은 연꽃을 만나러 가나 봅니다.

기어서라도 가리라

어쩌다가 달팽이가 기어가는 모습을 보노라면…
저렇게 가다가 밟혀 죽으면 어쩌나?
저러다가 말라죽으면 어쩌나? 걱정이 되곤 합니다.
집은 어쩌고 맨몸으로 나와 기어가는 달팽이
어떻게 해야 그 달팽이를 살릴 수 있을는지 몰라
허둥대다가 그냥 돌아서곤 하는데…
달팽이를 보노라면 흡사 '나'를 보는 듯합니다.
'꿈'을 향해 가다가 장애가 생기면 멈추고…
또 가다가 포기하고…
그러나 나이가 익어 가는 것이라 생각하게 되고부터는
입을 꼭 다물고 그래! 나는 기어서라도 가리라
내 꿈을 향해서 기어서라도 가리라
민달팽이처럼 기어가다가
'꿈'이 밟힌다 하더라도 가리라
꿈을 잃지 않는 한 늙지 않는 것이기에…
걷지도 못하는 아기가
기어서 기어서 엄마에게 가는 것처럼
'꿈'을 향해 기어서라도 가리라.

봄날은 짧아라

볼 것이 많은 봄!
먼저 핀 꽃이 지고
다투어 피고 있는 꽃들
꽃을 앞에 두고 다투는 사람들은
없을 듯합니다.
우리 사람은 착하고 예쁜 사람
악하고 미운 사람이 있지만…
꽃들은 저마다 다 향기가 있고
아름답습니다.
어느 날 올려다보니
새들이 살구나무에 앉아
꽃을 따 먹고 있었습니다.
같은 풀도 젖소가 먹으면 젖을 만들고
뱀이 먹으면 독을 만든다고 합니다.
사람도 독기를 품고
사는 사람이 있는가 하면
젖과 꿀 같은 사랑을 이웃에게

나눠 주며 사는 사람이 있습니다.
무례하고, 어리석고
눈앞의 이익에 눈이 어두운 사람을
꽃보다 아름답다 할 수는 없을 겁니다.
타인의 입장을 배려하고
내가 약간 손해 본다 싶게
사는 사람들은 꽃보다 아름답습니다.

아름다운 봄날은 짧습니다.
곧 여름이 옵니다.
우리 인생의 봄날도 계속되지는 않습니다.
자기 처지가 유리하다고 해서
교만하고, 무례하다면
그에게 인생의 봄은 바로
지나갈 것입니다.
어디에서고, 쓰레기더미 속에서도
자기 존재를 예쁘게 알리는 꽃

꽃들에게서

새삼 많은 교훈을 깨닫습니다.

꿀과 열매와 향기를 주면서도

한마디 생색도 내지 않는 꽃

꽃의 인생은 짧고, 봄날도 짧습니다.

가기 전에 '봄'을 마음껏 사랑해 보세요.

나무를 껴안고

사랑해! 라고 말해 보세요.

한결 더 잘 자랄 것입니다.

정말입니다.

자식 농사가 최고다

봄이 되면서 농부들은 더욱 바빠집니다.

좋은 씨앗을 고르고, 밭에 돌멩이를 고르고…

한 달에 버는 돈을 따져 얼마가 되든 그들은

땅에 씨앗을 뿌리고 흙과 대화하며 성스러운 농사를 짓습니다.

차를 타고 가다 보면…

인적도 없는 듯한 외진 곳에도 그 누군가가 밭을 일구어

작물을 가꾸고 있음을 보게 되고 감탄을 하게 됩니다.

저 땅을 일구기 위해

소는 워낭 소리를 내며 얼마나 힘들었겠으며

농부께서는 또 얼마나 땀방울을 떨어뜨리셨을지…

농자천하지대본이라는 말이 맞습니다.

농사 짓는 분들이 계시기에 우리는 살고 있을 것입니다.

상추를 키워 보니 뜯어먹고, 또 뜯어먹어도

계속 자기 잎을 내어 줍니다.

상추 대여섯 포기 심어 놓으니

늘 식탁에 상추가 싱그러운 표정으로 앉게 됩니다.

냉이, 질경이, 소루쟁이 등 나물도 길러내는 시대이지만…

우리에게 채소와 곡물, 과일을 제공해 주는 농부 아저씨가

새삼 존경스럽고 고맙습니다.

그런데⋯ 농사도 농사이지만

자식 농사가 제일이라고들 합니다.

요즘은 2, 30대까지도 부모에게 손을 벌린다는 것이니

오래 살아도 의무가 빨리 끝나지 않는 한

실버 세대임에도 돈벌이를 해야 하는 현실이니 안타깝습니다.

어쩌면 6, 70대에도 일을 하는 것이

덜 늙는 비결일 수도 있지만 한국의 부모들은

가시고기처럼 자식에게 모든 것을 바치고 갑니다.

"자식 농사를 잘 지었어요."라는 말은

일찍 출세시켰다는 의미보다

스스로 독립적인 인간으로 이 세상 험한 파도를

헤쳐 나갈 힘을 길러 주었다는 말이 아닐까요?

항상 대신해 주려는 부모, 그들은 훗날

자식 농사 잘 지었다는 찬사를 듣기는 어렵지 않을런지⋯

죽은 땅에서 라일락이 피는 잔인한 4월이 오고 있습니다.

엄마를 부탁해

소설가 신경숙 씨의 '엄마를 부탁해'라는 책이
외국에서까지 인기라고 합니다.
엄마!
아이들이 가장 많이 하는 말이자
가장 자주 부르는 이름이자
위로가 필요할 때
가장 많이 부르는 이름이 '엄마'입니다.
어른들도 힘들 때
엄마를 많이 부릅니다.
그 엄마가 어느 날 실종되고
자식들이 그제야 엄마를 찾아 나선다는 '엄마를 부탁해'
우리도 엄마이면서 우리의 엄마를 외롭게 한 적은 없었는지?
아이들을 위해서는 안 아끼면서
부모인 엄마를 위해서는 얼마나 인색했는지?
저도 가슴이 싸아합니다.
구십을 향해 가는 엄마에게 쓰는 돈은 아까워하고
외롭다고 얘기하시는 엄마를 위해

얼마나 시간을 내어 드렸는지

가고 싶다는 곳에 함께 가 드린 적은 언제였는지…

저의 단 하나 딸도 제 마음을 잘 모릅니다.

함께 여행이라도 하자고 하면 바쁘다고만 합니다.

참다운 인식은 잃어버린 후에야 온다고 했던가요?

엄마가 내 곁에 살아계실 때

내 아이에게 잘하는 것보다 더 잘해 드리기 바랍니다.

그래야 회환이 남지 않을 테니까요.

귀로 먹는 보약

나이 많은 어르신들은

봄에서 여름으로 여름에서 가을로 가을에서 겨울로

계절이 바뀔 때 힘겨워들 하십니다.

보약이라도 먹어야 하나?

밥이 보약이라고 하지만 그래도 나이 많으셔서

오랜 세월에 부대끼고

자녀들에게 시달린 부모님들께

보약 몇 첩 지어 드리고 싶은 자녀들이 많으리라 생각합니다.

낙엽은 스산하게 바람 따라 날리고

월동 준비에 마음 심란한 요즘

저는 귀로 먹는 보약도 있다는 것을 알려 드리고 싶습니다.

저도 계절이 바뀔 때마다

한 차례씩 앓는 사람이라 보약 생각이 날 때도 있습니다.

그러나 한의원에서 짓는 보약이 아니라

귀로 먹는 보약이 더 힘이 나더라는 얘기

오늘은 하고 싶습니다.

계절로 치면 인생의 10월 하순 또는 11월에 와 있는 저는

가을만 되면 내 계절이 왔구나 하며 행복해하는데

사실 기운이 좀 부족해지는 게 사실입니다.

어느 날 ㅇㅇ이 어머니가

"나도 나이 들어 원장님처럼 되고 싶어요."

하는 말을 듣고 얼마나 기쁘던지!

"왜 그렇게 늙으셨어요?"

"왜 그렇게 관리를 소홀히 하셨어요?"

하던 어떤 여인들의 말을 듣고

온종일 우울하던 경우와는 너무나 다르게

"아! 그래. 아직 나는 괜찮아. 엘레강스하다잖아?

고고한 백합 같다고 어느 권사님이 얘기했잖아."

하면서 생기가 돌기 시작했습니다.

나이 든 여자에게 뿐만 아니라

아이들에게도 귀로 보약을 먹이세요!

'칭찬은 고래도 춤추게 한다.'

날씨도 추운데 서로서로 따뜻한 보약을 귀로 먹여 주면

이 겨울도 행복하고 따스하지 않을는지….

풀밭 같은 사람, 돌밭 같은 사람

떨어지는 낙엽을 보며 '낙엽이 가는 길'을 생각합니다.
곱게 물든 낙엽들이 가는 길은 바로 흙으로 가는 길이며
자기들이 떠나온 나무에게 영양을 주는 길입니다.
우리는 과연 어떤 길을 가고 있을까?

내 아내
내 남편
내 아이
내 이웃에게
내 부모에게
과연 나는 어떤 가슴을 내주었는가?
풀밭 같은 가슴에서 그들을 뉘게 해 주었는가?
돌밭 같은 가슴을 내주어 힘들게 했는가?
나무 밑에 가면 우리는 쉴 수 있었고
조용히 명상에 잠길 수가 있었으며
꽃향기를 맡을 수 있었고
열매를 딸 수 있었습니다.

나무는 아낌없이 우리에게 주면서
아무런 불평도 없는데…
우리는 작게 도와주고도 크게 생색을 낸 듯합니다.
얼마나 부끄러운지!

사랑한다면서도 따지고, 계산하는데 급급했던
돌밭이면서 풀밭 같은 사람으로 착각하는 것이
바로 우리 보통 사람인가 봅니다.
조용히 나뭇잎을 뚝뚝 떨어뜨리고 있는
가을 나무 아래에서
부끄러워지는 11월입니다.

만병통치약
―사랑

아이들은 두 팔로 하트 모양을 만들며
"사랑합니다!"라고 인사합니다.
사랑이 넘치는 곳이 유치원입니다.
아이들은 사랑을 먹고 크는 나무입니다.
그런데 애정 결핍이 있을 때 아프다고 호소합니다.
동생을 사랑하면서도 동생에게 사랑이 쏠리는 듯하면
아프다고 호소합니다. 실제로 아프기도 합니다.
어른들도 사랑이 부족하면 신체적인 통증을 호소합니다.
어떤 사람이든 애정 결핍이 있으면 우울감이 오고
이 병원 저 병원 순례하고 다니며 아픔을 호소하지만
병명(病名)은 나오지 않습니다.
남편의 사랑이 부족할 때
아내들은 먹는 것으로 외로움을 해소하려 하기에
체중만 늘고, 의욕은 떨어진다고 합니다.
아내의 관심이 적으면 남편들은 일할 의욕이 떨어집니다.
서로서로 사랑하며 살아야 하는
인간사회에서 사랑은 만병통치약입니다.

"여보! 사랑해요. 당신이 곁에 있어 행복해요!"
"ㅇㅇ야! 네가 있어 엄마는 정말 행복하단다."
"너는 꼭 훌륭한 사람이 될 거야~"
이런 말을 자주 들려주시고
이웃 사람에게도, 유치원 선생님에게도
그 누구에게도 고마워요!라는 말을 많이 하면
좋은 일이 더 자주 생기리라 믿습니다.
비난보다 칭찬으로 키운 자녀가
꼭 필요한 사람이 되리라 믿으시지요?
많고 많은 약이 있지만
그중에 제일은 만병통치약 '사랑'입니다.